대기업 미리보기

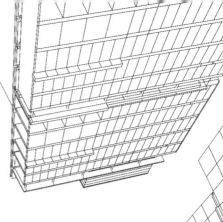

당신이 궁금해하는 대기업 내부의
다양하고 흥미로운 이야기가
파노라마처럼…

대기업
미리보기

대기업이 궁금한
취준생들을 위한 솔루션
BOOK

| 공두 글

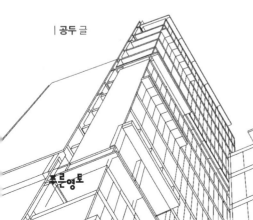

푸른영토

프롤로그

〡

오늘을 살아가는 우리에게 수많은 정보들이 쏟아지고 있지만, 그중에서 대기업 내부 생활을 체계적으로 알 수 있는 정보를 접하기는 어려운 것이 현실입니다.

취업준비생이라면 누구나 한 번쯤 입사를 꿈꾸는 대기업이지만 막상 입사를 하게 되면 무엇이 좋은지, 실제 업무환경과 부여되는 혜택은 어떤 것이 있는지, 대기업 직원의 일상은 어떤 일들로 구성되는지 등이 궁금하지만, 꼭 알고 싶은 정보에 대해서는 정작 일반에 노출된 정보가 거의 없습니다. 따라서 필자는 관련 서적 또한 전무한 현실에 착안하여, 실제로 대기업 내부에서 벌어지는 다양한 일상의 이야기들을 책으로 출간을 하게 되었습니다.

직장생활이란 것이 해가 뜨면 출근을 하고, 해가 지면 퇴근을 하는 일상의 연속이지만, 이왕이면 출근하고 싶은 직장이 된다면 그것만큼 행복한 일은 없을 것입니다. 하지만 최근에는 MZ 세대를 중심으로 어렵게 입사한 대기업이 본인 적성에 맞지 않아 3년 내로 퇴사하게 되는 비율이 급격하게 상승하고 있습니다. 이런 시점에서 본 책을 통해 사전에 대기업 생활을 간접 체험함으로써, 미래에 펼쳐지는 인생의 긴 항로를 선택하는 데에 작은 기준점이 되었으면 좋겠습니다.

본 책은 기업 내의 민감한 정보들은 제외하고, 이야기에서 이야기로 전해지는 다양한 퍼즐들을 소주제별로 구성하여, 읽는 재미가 있는 스토리 형식으로 집필하였습니다.

독자분들에게는 필자가 대기업을 다니며 직접 경험한 일들과 주위에서 전해 들은 이야기들, 그리고 중소기업과 취업준비생 대상으로 한 직무역량 향상 교육이나, 실무역량 강의를 하며 대기업에 관해 받았던 수많은 질문들을 취합하여 정리하였기에 독자들에게 더욱 현실감 있게 다가갈 것이라 생각됩니다.

간략히 소개하자면, 대부분이 궁금해하는 대기업의 복지

수준 소개부터 원활한 업무추진을 위해 지원해 주는 다양한 업무지원 항목과 실제 진행되는 업무 일상들, 그 외의 특별히 많은 분들이 관심을 가지고 질문하는 항목 등등. 대기업 직원이 아니고서는 알 수 없는 이야기들을 재미있게 챕터별로 다루었습니다. 다만 본 내용은 사람마다 지문의 모양이 다르듯, 기업마다 형성된 조직문화도 다르기에 각 기업의 이야기가 아닌 대기업이 공통적으로 가지는 특징들을 모아 정리하는 데 포커스를 두고 집필하였습니다.

따라서 대기업 입사를 희망하는 취업준비생에게는 대기업을 간접 체험할 수 있는 책으로, 이미 대기업에 재직 중인 독자들에게는 실무적 도움과 타 기업과의 비교와 공감을 통한 읽는 재미가 있는 책이 될 것입니다. 그리고 대기업과 협력하고자 하는 분들에게는 그들의 기업문화와 업무방식을 이해하여, 유연한 파트너십을 형성하는 데 도움이 되는 책으로 읽히기를 바랍니다. 아무쪼록 많은 분들에게 대기업과 관련한 궁금점이 이 책으로 해소되기를 기대합니다.

마지막으로 책 전체의 특징을 함축적으로 표현한 〈대기업 미리보기〉라는 표제를 선물해 주시고 출간에 이르기까지 적극적으로 지원해 주신 아녜스 님과, 밤잠 설쳐가며 본 책에 나오는 모든 그림을 그려준 큰 딸. 그리고 열심히 응원해 준 작은 딸에게 감사를 전합니다.

출간을 응원해 주며 도움 주신 분

- (주)RUP(광코아 유지보수 전문기업) 이현철 대표님
- (주)태영중공업(철골, 강구조물, 플랜트 공사 전문기업)
  김한진 대표님
- (주)다온링크(핀테크 전문기업) 한상민 대표님
- (주)다온아이앤씨(드론 라이트쇼 전문기업) 양찬열 대표님
- (주)코코아비전(영상 CG 전문기업) 최영주 대표님
- (주)유피웍스(컴퓨터그래픽 전문기업) 김석희 부대표님
- (주)서윤건설(도로포장 전문건설업) 최성영 대표님
- (주)이인벤션(네이버, 카카오, SNS 디지털마케팅 전문기업)
  김은현 대표님

그 외 대기업에 재직 중인 친구, 선후배님들께도 진심으로 감사드립니다.

차례

PART 3 | 대기업 업무의 반은 글쓰기

PART 4 | 대기업의 업무 지원, 무엇이 있을까?

PART 5 | 대기업에서 살아남기, 명퇴의 그늘

PART 6 | 대기업의 사내 교육은 자기계발 찬스!

PART 7 | 대기업의 직장생활 훔쳐보기

PART 8 | 대기업에서 승진하기

"당신에게 응원을 보냅니다."

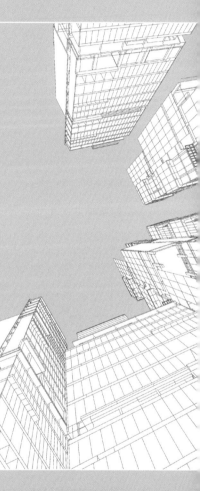

PART **1**

대기업 합격의
첫 관문,
자소서 쓰기

서류 심사, 통과돼야 취직을 하지
1차 서류 심사 통과의 핵심

 이력서만 보면 최근 대기업에 입사하는 신입사원의 스펙은 거의 평준화되었습니다. 평준화 시기가 언제부터 인지 정확히는 모르지만 대략 10여 년 전부터 스펙의 평준화가 심화되고 있는 것이 현실입니다.

결론적으로 모두가 비슷하거나 동일한 스펙으로 입사 지원자 간 차별화가 거의 되지 않는다는 것이 현재 대기업 지원자의 현실이라 할 수 있으며, 역으로 대기업의 문을 두드리는 지원자들 모두가 우수한 스펙의 소유자라고 할 수 있습니다. 따라서 평준화의 의미는 나만의 특별한 경쟁력이 있다면 Appeal 포인트로 작용하겠지만 실상은 그렇지 못하다는 것입니다.

그럼 대기업 취업 서류에서 면접관이 중요하게 보는 것은 무엇일까요? 기업 인사 담당자들의 의견을 종합해 보면 평준화된 이력서보다는 자기소개서의 비중이 더 높다고 할 수 있습니다. 즉, 자기소개서에 왜 자신을 채용해야 하는지, 명확한 근거가 일목요연하게 정리되어 있다면 1차 서류 통과의 가능성이 높습니다.

잘 된 1차 소개서의 특징은 인사 담당자가 빠르게 자신에게 관심을 가지게 하는 것인데, 그때 가장 좋은 방법은 단락마다 소주제를 한 줄 정도 달아서 작성하는 것입니다.

● **나쁜 예 :**
저는 이러이러한 ~~~ 실무 경험도 6개월간 ~~~

● **좋은 예 :**
[지원 분야에서 실무를 6개월 진행한 준비된 인재]
저는 이러이러한 ~~~

위의 좋은 예처럼, 소주제를 제시하여 작성을 하게 되면 수많은 자소서 중에서 비교적 신속하게 인사 담당자의 눈에 발견되게 되며, 어떠한 지원자인지에 대한 정보도 담당자에게 각인되기 쉽습니다.

중요한 것은 분량을 채우기 위해, 읽어도 무의미한 내용을 작성하는 것은 피해야 합니다. 분량만 채우다 보면 지원자가 어떤 사람인지에 대한 잔상이 남을 수가 없으므로 힘들더라도 임팩트 있는 자소서를 작성을 해야 합니다.

그리고 1차 서류 심사에서 탈락하지 않아야 다음 단계로 넘어가므로 자기소개서만큼은 최선을 다해 한 줄씩 채워나가야 합니다. 자소서 잘쓰는 팁은 다음 챕터에서 좀 더 구체적으로 이야기하겠습니다.

최근에 1분 소개를 진행하는 대기업이나 공기업이 많이 있습니다. 그런데 실제 다수의 지원자들을 보면 자소서의 내용을 함축적으로 발표하는 경향이 있습니다. 그러나 자소서와 이력서는 이미 면접관들이 숙지하고 있으므로, 1분 소개 시에는 실무에 적합한 인재라는 부분에 포인트를 두고, 자기의 업무추진 역량과 관련된 경험 위주를 중점적으로 발표하는 것이 좋은 점수를 받을 수 있는 비결입니다.

이때 웅변하듯이 경직된 발표 형식이 아닌, 대화를 하듯이 여유 있게 발표하면 좋은 인상을 남길 수가 있는데, 이를 위해서 집에서 수십 번 연습을 하고, 내용 전체를 확실하게 암기를 하는 것이 가장 좋은 방법입니다. 전체 내용을 확실하게 외워도 면접 장소에 들어가면 숨이 턱 막혀 머리가 백지화되는 아찔함이 있을 수 있으니, 발표 연습을 많이 하는 것이 좋습니다.

발표 중에 면접관이 호기심을 가질 만한 사항을 이야기하며 질문하게 만들면, 면접 분위기가 자연스럽게 대화 형식으로 넘어가니 이런 것도 염두에 두길 바랍니다. 호기심을 가질 만한 사항을 이야기한다는 것은 당연히 예상 질문을 유도하는 것이니, 이에 대한 근거 있는 답변도 미리 준비해야 합니다.

결론적으로 1분 소개의 핵심은 '내가 얼마나 실무에 준비된 인재인가?'에 대한 어필이라는 점을 염두에 두고 발표하기 바랍니다.

기억해두면 좋아요!

자소서는 반드시 소주제를 제시하여 가독성을 높이고 자신만의 특별한 경쟁력을 어필할 수 있는 경력을 개발하는 것이 차별화에 효과적임

인자한 부모님과 화목한 가정??
올바른 자소서 방향을 제발 기억하자

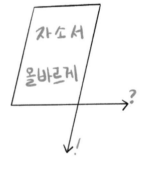

대기업 입사의 첫 번째 관문은 서류 전형입니다. 서류 전형에 탈락하면 다음의 모든 전형이 멈추어 버리기에 집중해 작성해야 합니다.

이런 중요한 자소서에 아직도 "인자한 부모님과 화목한 가정"을 언급하는 지원자가 있는데, 회사는 지원자의 부모님 성품이나 가정 분위기에는 전혀 관심이 없다는 사실을 명심하길 바랍니다.

만약 자소서 양식에 성장 환경과 같은 작성 칸이 있다면 본인의 성장 과정에서 도움이 되었던 일들 즉, 자신의 생각과 마인드가 성장할 수 있었던 사건과 결과에 대하여 작성을 하는 것이 좋습니다. 참고로 인터넷에서 '자소서 잘 쓰는 법'을 찾아보면 많은 글들이 나오는데 계속적으로 읽다 보면 자소서에 대한 방향성이 어느 정도 잡힐 것입니다.

　이제 본론으로 들어가서 현실적인 이야기를 하고자 합니다. 필자는 회사 경영지원 부서에서 근무할 때, 입사 서류 검토나 면접관 업무를 수행한 경험이 있습니다. 그 경험을 바탕으로 여유 있는 주말이나 휴가 때에는 재능 판매 사이트에서 부업으로 글쓰기 컨설팅을 합니다. 주로 기업 내 다양한 사내 기획서, 투자제안서, IR 자료 등도 수행하지만, 실제 판매 건수로만 보면 '자소서'나 '1분 소개서'의 첨삭과 면접 관련 온라인 컨설팅이 주력이고, 리뷰와 평점이 매우 우수한 판매자로 등록되어 활동하고 있습니다.

　그러한 이유로 필자가 첨삭이나 컨설팅을 해준 분들로부터 취업에 성공하였다며 감사 인사를 받는 경우도 많고, 실제 취업률도 우수하게 관리되고 있습니다. 따라서 필자의 노하우가 도움이 되기를 바라는 마음으로, 앞에서 언급한 자소서 쓰는 법을 좀 더 구체적으로 이야기하겠습니다.

　자소서에서 핵심은 자소서를 검토하는 심사위원 입장에서 고민해야 합니다. 필자가 경영지원 부서에 있을 때 수시로 2~3명을 긴급하게 채용하는 경우가 많았는데, 지원서가 너무 많이 접수되다보니, 지원자가 정성스럽게 쓴 자소서를 충분히 읽어보지 못하는 경우가 많았습니다. 전형 일정은 정해진 기간이 있고 지원자는 일반인의 상상을 초월하게 많았기 때문입니다.

이럴 때 가장 중요한 방법은, 앞에서 언급대로 전체 문장을 몇 가지 강력한 소주제로 제시하는 것이 심사위원 눈에 띄게 하는 매우 효과적인 방법입니다.

좀 더 예를 들면, 문단 첫 글에 〈지금 당장 업무에 투입해도 실무가 가능한 준비된 인재입니다〉라는 선두 주제를 제시하고, 문단에는 자신의 경력을 작성하는 것이 중요합니다. 그리고 경력을 작성할 때는 소설을 쓰듯 말을 늘어지게 쓰지 않고, 한눈에 들어올 수 있도록 글의 가독성을 염두에 두고, 어느 정도 통일감 있게 작성하는 것이 중요합니다.

● 나쁜 예 :

저는 2021년에 어디에서 무엇을 하고 그곳에서 어떤 성과를 냈으며, 어떠한 일이 발생했는데 ~~~~~~~~~~ 업무를 하면서 느낀 점은 무엇입니다.

● 좋은 예 :

〈지금 당장 업무에 투입해도 실무가 가능한 준비된 인재입니다〉

'21년 3월 ~ '21년 6월 ○○○에서 단기 아르바이트 주요업무

로는 ○○○ 수행, 업무 기간 동안 확보 경쟁력은 ○○○ 활용
능력 및 ○○○ 프로그램 이해도 제고와 CS 개념 확보

'21년 1월~ '21년 12월 ○○○

앞의 좋은 예처럼 한눈에 보아도 인사 담당자가 당신을 바로 파악이 가능하도록 작성을 하는 것이 중요합니다. 이때 기호들을 적극 활용하여 눈에 띄게 하는 것도 매우 좋은 방법입니다.

다음으로 직무역량과 관련하여 작성하는 항목에는 가급적 70% 이상의 내용은, 지원사의 경영 방침과 요구 인재상에 일치하는 방향과 문구로 작성을 해야 합격률을 높일 수 있습니다. 자신이 지원하는 분야의 전문용어를 최대한 활용하여 작성하고, 지원사의 홈페이지를 방문해, 회사의 경영 방침과 요구하는 인재상에 대한 정보를 취득하여 자소서에 최대한 활용해야 합니다.

최근에 4차 산업혁명의 진화와 더불어 AI 서류 심사를 진행하는 곳도 늘어나는 추세인데, AI 심사를 해도 위의 방법으로 작성을 하게 되면 합격률을 높일 수 있습니다. 참고로 AI 심사 조건에 알고리즘을 평점 4.0 이상으로 적용하여 설정하면, 4.0 미만은 자동으로 탈락되게 하는 경우도 있다고 하니 성적관리도 성실하게 해야 합니다.

여기에서 기억해야 할 사항은, 자소서에는 '실무형 인재' 인가에 대한 관심과 지원한 해당 기업문화에 집중을 하고, 본인이 성격적으로 구성원과의 소통에 문제가 없는 지원자임을 강조하는 것이 중요합니다. 또한 지원사 Needs에 Align하게 작성을 하는 것도 매우 중요한데, 인터넷에서 지원하는 부서의 업무 특성을 검색하여 반영하는 것이 핵심 포인트입니다.

만약 본인이 경력사원으로 지원 시에는, 반드시 당장 업무에 투입해서도 곧바로 정상적인 업무 추진이 가능한 실무형 인재임을 더욱 강조해야 합니다. '실무형 인재'라는 점은 어디를 지원하든 항상 머릿속에 기억해두어야 할 만큼 중요한 사항입니다.

부가적으로 1차 서류 심사에서 반복적으로 떨어진다면 지원한 자소서에 반드시 문제가 있는 것이고, 계속해서 서류 심사에서 탈락한다면, 잘 된 자소서를 인터넷에서 찾아 참고를 하거나 자소서 전문가의 컨설팅을 받는 것도 하나의 방법입니다.

기억해두면 좋아요!

자소서 내용을 늘어지게 작성하는 것이 아닌 가급적 함축적인 문구 사용과 기호의 활용 그리고 실무에 적합한 인재임을 강조하는 것이 핵심

당신은 무엇을 잘합니까?

대기업 면접관이 바라보는 핵심사항

이번에는 대기업 면접관들의 특성을 살려서 정리하였지만, 아마 모든 면접관이 해당되지 않을까 합니다.

먼저 자소서 필터는 시간적으로 빠르게 진행됩니다. 이때 실무적 관점에서 업무 역량과 관련한 자격증과 수준을 파악하고, 회사의 인재상에 일치하는 인재인지, 조직생활에 문제가 없는 인성인지 등을 파악합니다. 거의 모든 대기업이 인성 검사는 입사 시험과 더불어 별도로 시행합니다. 이렇게 1차적으로 필터를 거친 자소서를 추린후 꼼꼼하게 다시 한번 추려, 서류 합격자 선정을 합니다.

여기에서 가장 중점을 두는 부분은, 다시 강조하지만 실무형 인재인지를 집중적으로 살펴봅니다. 사실, 심하게 이야기 하면 자소서에는 본인의 업무수행에 필요한 역량만 기록하여도 될 정도입니다. 그 정도로 직무역량은 중요하니 작성에 집중을 해야 합니다.

최근에는 면접 시, 앞에서 잠시 언급한 1분 자기소개를 많이 하는데, 취준생들이 1분 소개를 서류로 제출된 자기소개서에 기반한 요약 발표 정도로 생각한다고 언급했습니다. 하지만 이것은 위험한 생각이라 할 수도 있습니다. 1분 소개의 현실적 목적을 면접관의 입장에서 좀 더 구체적으로 이야기하자면, 두 가지로 정의할 수 있습니다.

첫째, 지원자의 말하기 능력에서 핵심적인 내용에 기반하여 일목요연하게 발표를 하는지와 둘째, 지원사가 추구하는 인재인지 자소서에 담지 않은 좀 더 구체화된 실무적 이야기를 알기 위함입니다. 따라서 발표에 대한 떨림 없는 안정적인 목소리가 매우 중요하고, 지원사가 찾고 있는 인재라는 확신을 전달하는 것이 가장 효과적이라 할 수 있습니다. 면접관은 지원자가 실무에 즉각적으로 투입될 가능성을 바라보는 관점이 매우 강하기 때문입니다.

발표를 할 때에는 웅변하듯이 하기보다는 학창시절 선생님께 질문을 하는 톤을 유지하고, 일상의 대화를 하듯이 자연스럽게 발표하며, 면접관의 질문을 유도하여 대화 형식으로 진입

하라고 앞에서도 언급하였는데, 발표 중에 실제로 면접관이 돌발 질문을 하는 경우가 종종 있기 때문입니다.

질문을 중간에 받으면 곧바로 답변을 하기보다는 "질문에 답변을 드리겠습니다"라는 표현을 하고, 답변은 일상 대화를 하듯, 면접 공간에 맞추어 적당한 목소리 크기로 대답하면 됩니다. 이때 말끝을 흐리는 것은 절대 피해야 합니다. 면접관들이 제일 싫어하는 유형 중에 하나가 말끝을 흐리는 것입니다. 자신감 있게 보이려고 무조건 큰 소리가 좋다는 지원자도 있는데, 자신감은 자신이 준비한 업무적 역량에서 기인된다는 점을 반드시 기억하길 바랍니다.

그리고 질문의 답이 확실하지 않고 잘 모를 경우, 중언부언하지 말고 간략하게 마치거나, 솔직한 태도로 "잘 모르겠지만 상세하게 알아보겠습니다"라고 하는 것이 훨씬 인간적으로 보이고 점수 획득에도 좋을 것입니다. 면접에서 과한 표현이나 무조건 잘할 수 있다고 하는 것은 설득력이 없고, 오히려 사람에 대한 신뢰도가 낮아지니, 솔직한 자세로 면접에 임하는 것이 좋습니다.

어떤 면접관들은 마지막으로 할 말이 없느냐고 물어보는데, 이런 때는 "채용해 주시면 열심히 하겠습니다"라는 평범한 대답보다는, 면접관에게 여운이 남을 만한 말을 하는 것이 좋습니다. 예를 들면 "제가 일을 잘할지, 못할지, 채용해 봐야 아시겠지만, 이때까지 저와 함께 한 사람들이 공통적으로 너와 일을 하는 것이 즐겁다라는 취지의 말들을 많이 들었습니다"라는 말처럼 무언가 업무적인 자신감, 여기에는 일을 잘하고 소통에도 문제가 없다는 뜻을 내비치는 대답이 여운을 남길 수 있습니다.

필자는 동일한 질문을 받았을 때에 "남들이 출근하는 시간에 백수로 지내면서 인생의 깊은 절망을 느꼈습니다. 이런 저에게 입사를 시켜주시면 얼마나 열정적으로 임하겠습니까?"라고 반문을 하였는데, 입사 후 본사 근무 때 면접관을 하셨던 부장님은 필자의 마지막 말이 상당히 진한 여운으로 남았다는 취지로 말씀을 하셨습니다.

결론적으로, 1분 자기소개에는 조직에서 가장 중요시하는 소통이 잘 되는 인성이라 점과 실무형 인재라는 점을 강조하는 것이 면접관의 Needs에 부합될 것입니다. 따라서 남들이 없는 자기만의 경쟁력을 확보하는 것이 아주 중요합니다. 예를 들면 남들이 하지 않는 특허출원이나 등록을 한 경험이 있다면 자신만의 특별한 경쟁력으로 작용할 수도 있습니다.

면접관도 다양한 성향의 사람이 진행하므로 정답은 없지만, 평균적인 특징을 조언하는 것이니 참고하길 바랍니다.

기억해두면 좋아요!
기업의 인재 채용의 핵심은 즉각적인 실무형 인재의 채용이고 조직 내에서 소통이 원활한 인성을 보유한 인재를 원함. 인터뷰는 꾸며진 말보다는 솔직함이 드러나도록!

PART **2**

소문보다 더 좋은
대기업 복지 혜택

이게 월급으로 따지면 모두 얼마야?

대기업 복지 혜택은 어떤 것이 있을까?

소문보다
더! 좋은데?

어느 유튜브에서 중소기업의 복지를 '온수 사용, 남녀 화장실 구분, 전자레인지, 컵라면 제공'이라고 하는 내용을 본 적이 있는데, 그에 반해 대기업은 정말 다양한 복지 혜택을 제공합니다.

필자가 작성하는 복지 기준은 우리나라 대기업에서 채택을 많이 한 복지정책 기준으로 정리하였지만, 기업마다 복지 기준에 대한 운영 기준과 예산은 다르므로 참고만 하길 바랍니다.

통신비 : 보통 임원이면 실비, 부서장급이면 10~15만 원

선, 일반 직원은 5~10만 원 사이가 많습니다. 업무용으로 통신비가 많이 사용되는 구성원은 회사에서 전액 부담하거나 법인폰 지급이 일반적입니다.

식대(중식, 석식) : 중식비 6,000~9,000원 사이, 석식비 8,000~12,000원 사이입니다. 조식은 일부 기업에서 사내 식당을 통해 제공해 주는 곳이 있는데, 주로 제조 기반의 생산 현장이나 본사에 근무하는 직원에게 제공하는 경우가 많습니다. 대기업의 사내 식당 수준은 영양사가 관리하는 호텔 뷔페에 육박하는 수준으로 운영되는 곳이 많으며, 어떤 곳은 양식과 한식 중 선택하도록 되어 있습니다. 맛있는 곳은 직원들이 특별한 일이 아니면 외부에서 식사를 하지 않을 정도이고, 인테리어도 웬만한 레스토랑 부럽지 않은 시설을 자랑하는 곳도 많이 있습니다.

의료비 : 일반적으로 근로자의 직계 가족에 한정하여 지급하는데, 연간 200~500만 원까지 한도를 정하여 지급하며, 우수한 곳은 근로자의 배우자 부모까지도 지원을 합니다. 또한 의료비가 많이 드는 치과 치료비 지원도 주요 대기업군에서 시행을 하고 있습니다. 어떤 회사는 비급여 항목 중 MRI, 심장 초음파와 같은 고가의 검사비를 지급해 주는 경우도 있습니다.

결론적으로 의료비 지원의 혜택은 기본적으로 제공되나,

지원 범위나 한도 등 운영 형태는 기업마다 완전히 다르다고 할 수 있습니다. 참고로 어떤 대기업은 사내에 병원이 있어서 수술 아닌 진료비는 무료로 운영이 되는 곳도 있고, 자체적으로 간호사를 두어 업무 중 회복실에서 링거를 맞거나 주사 또는 약을 처방받을 수 있는 대기업들도 있습니다.

자녀 학자금 : 일반적으로 유치원에서 대학교까지 시급이 되는 경우가 많은데(자녀 수에 대한 제한이 있을 수 있음), 대부분 유치원과 고등학교는 정액으로 학기별 10~30만 원 사이이고, 대학교 같은 경우는 실비로 지급하는 경우가 많이 있습니다. 최근에는 자녀에게 입학과 졸업에 따른 선물을 해주는 기업도 많이 있으며, 중고등 교복을 지원해 주는 회사도 있습니다.

그런데 현실적인 이야기를 하자면, 자녀가 대학교에 다니는 근무자는 회사 입장에서 학자금 지원 부담이 크므로, 일부는 인사고과를 통하여 지급되는 인센티브를 줄이고자 인사평가를 낮게 주는 경우도 있습니다. 물론 흔하지 않은 경우이고 그나마도 피평가자 업무역량이 낮을 때 있을 수 있는 경우입니다. 그러니 나이가 들수록 업무 매너리즘에 들지 않도록 최선을 다하는 것이 중요합니다.

본인 학자금 : 본인의 의지에 의하여 대학교 편입이나 대학

원 입학을 하는 경우, 회사에서 학자금을 지급하여 공부에 대한 비용 부담감을 제거해 주고 있습니다.

근로자 건강검진 : 대기업이라면 1년에 1회 건강검진을 회사에서 전액 지원하여 운영하고 있으며, 최근에는 암유전자 검사까지도 혜택을 주는 회사가 늘어나는 추세입니다. 그리고 40세 이상이면 일반 검사에서 종합형 검사로 더욱 다양한 검사를 받을 수 있도록 하고 있습니다. 근로자 배우자나 양가 부모에 대한 검진도 무료로 해주는 대기업도 많이 있으며, 특수직이나 야근 교대 근무자는 특별 건강검진을 해주는 기업도 많이 있습니다.

경조사비 : 회사마다 지급 기준은 상이하지만 기본적으로 본인의 친인척까지 기본 경조 물품과 함께(장례 용품에 회사 브랜드) 경조 화환, 휴가가 기본적으로 제공되고 배우자도(부모 포함) 동일한 혜택을 제공합니다. 특히 경조사 물품은 장례지도사부터 다양한 사이즈의 종이접시와 컵, 슬리퍼 등 장례에서 사용되는 모든 물품이 큰 박스로 지급이 되는데, 대기업에 다니는 프라이드를 많이 느낄 수가 있습니다. 그리고 경조사비가 따로 급여에 포함되어 부모는 200~500만 원. 본인상은 300~1,000만 원 사이로 지급됩니다.

복지포인트 : 하기에서 별도로 설명을 하겠습니다.

원거리 이동 자금 지원 : 말 그대로 원거리로 이동하는 직원들에게 교통비나 주택 자금 일부를 지원해 주는 제도입니다. 기업마다 크게 상이하므로 금액에 대한 언급은 하지 않겠습니다.

휴양소, 콘도 지원 : 여름이나 서울 연말에는 휴양소를 운영하여 직원들에게 제공하고, 평시에는 전국의 콘도들을 이용할 수 있도록 합니다. 자체적으로 휴양소나 교육원, 호텔을 보유한 회사들은 직원들에게 무료 또는 매우 저렴한 가격에 이용하도록 하고 있습니다. 비용은 법인 회원가로 적용되고, 휴양소는 무료로 이용을 하게 됩니다.

자사 상품 할인 : 내부 직원들에게 자사 상품에 대한 할인 혜택을 제공하여 실생활에서 많은 경제적 혜택을 누리도록 지원합니다. 예를 들면 자동차, 의류, 화장품, 주유, 식음료 등. 상품의 단위가 크면 클수록 할인의 폭도 늘어나는데 자동차 할인 같은 경우는 많은 부러움을 받고 있는 대표적 상품입니다.

골프회원권 : 임원이 되면 골프회원권 이용이 가능하고, 공식적인 접대 자리가 있으면 사원급도 이용이 가능합니다.

스톡옵션 : 회사생활에서 운이 좋다면 스톡옵션 제공을 받게 되는데 대박이 날 수도, 그 반대일 경우도 가끔 있습니다. 이때 부가적으로 스톡옵션은 일정 기간 매도가 불가능한 경우가 많으므로 매도가 가능한 시기에 잘 파는 것이 중요합니다.

당연하겠지만 어떤 사람들은 매도 시기를 잘못 잡아서 좋은 시기를 놓치는 경우도 많이 발생합니다. 대기업에는 능력 있는 구성원이 많으므로, 소위 주식에 대한 감이 우수한 구성원과의 정보교류로 매도 타이밍을 잡으면 좋습니다. 결론적으로 감이 없는 분들은 주식 잘하는 분을 따라 하면 좋을 듯합니다.

긴급 생활대출 & 주택대출 : 직원의 안정적 주거 지원과 생활에 긴급한 자금이 필요한 경우 회사에서 거의 무이자로 (1%~3%) 장기대출을 시행하는 대기업이 많으며, 상환은 급여에서 정액으로 차감되도록 지원합니다.

그 외 : 생일 선물(배우자 포함), 출산 선물, 창립기념일 선물 (창립기념일은 휴무), 크리스마스 선물, 명절 선물, 긴급 생계 지원, 도서 지원, 자격증 수당, 사내 장기대출, 사내 도서관 운영, 자기계발비 지급(외국어 학원, 취미나 특기 개발비 등), 사내 동우회 지원(몇 명 이상일 경우 정식 동우회로 인정하여, 월 일정 금액을 지원), 자사 상품 할인 혜택, 사내 카페 운영, 전 직원 상해보험, 시각 장애인을 고용하여

업무시간에도 전문적인 안마를 받을 수 있도록 하는 등의 다양한 혜택 제공으로 직원들의 소속감과 프라이드를 고취하고 있습니다.

여기에 나열되지 못한 각 기업마다의 특색 있는 복리 혜택도 젊은 회사 위주로(인터넷 플랫폼 회사나 게임 회사) 개성 있게 제공되고 있습니다.

"우량한 대기업에서 사내 결혼을 하면 일반 중소기업보다 좋다"라는 소리를 많이들 합니다. 이처럼 대기업은 다양한 복지 혜택이 제공되어, 실제 생활에서 월급으로 충당해야 할 요소들이 적으므로 일반적인 생활비 지출이 크게 줄어들기 때문입니다.

기억해두면 좋아요!
대기업 복지 수준은 개인과 가족의 생활 전반에 대한 지원이 가능하도록 설계되어 있으며 젊은 기업일수록 개성 있는 복지가 많이 제공되고 있음

럭셔리한 호캉스를 가족과 함께
대기업 직원들을 위한 무료 휴양소 운영

 대기업 직원들이 가장 좋아하는 것 중 하나가 바로 회사에서 제공하는 휴양소입니다.

여름 휴가철이 다가오거나 연말에는 대기업마다 회사에서 콘도나 전국 각지의 인기 있고, 예쁜 숙박시설들을(펜션 포함) 계약해서 휴양소 추첨을 진행합니다. 거의 모든 대기업이 직원들에게 휴양소 혜택을 주고 있다고 해도 과언이 아닙니다. 특히 호텔을 보유한 대기업은 직원들에게 자사의 호텔을 휴양소로 지정하여 운영하기도 합니다.

휴가철에 휴양소에 당첨되면 장소에 따라 숙박비와 아침 조식을 무료로 제공해 주기도 합니다. 어떤 경우는 가족들과 휴양소에 가 여장을 풀고 있으면, CEO의 휴가를 잘 보내라는 격려의 카드와 함께 와인이나 과일 바구니 또는 인근 맛집에서 식사를 할 수 있는 상품권을 지급하여, 가족들에게 가장의 체면을 세워주고 회사에 대한 프라이드가 제고되도록 합니다. 그리고 휴양소에 낙첨된 직원들은 별도의 휴가비를 지급하는 것이 일반적인 관례로 되어 있어 당첨된 사람이나 낙첨된 사람이나 기분 좋은 휴가를 보낼 수가 있습니다.

평상시에도 회사가 계약한 전국의 콘도를 저렴한 회원가로 사용할 수 있도록 되어 있는데, 국내 주요 대기업은 전국적으로 거의 모든 브랜드의 콘도와 법인 회원으로 가입이 되어 있어 재직하는 동안 부담 없이 사용이 가능합니다.

최근에는 대기업들이 직원들의 Refresh를 위해 상당한 경제적 지원을 하는 분위기입니다. 사내에서도 상명하복의 경직된 조직문화를 타파하고자 경쟁적으로 노력하고 있으며, 어떤 기업은 구성원의 정신 건강을 위해 명상실을 운영하기도 하고 건강과 관련된 다양한 콘텐츠를 제공하고 있습니다.

예를 들면 전문 PT 강사, 요가 강사 지원 등 전문성 있는 지원을 하고 있으며, 구성원의 가족까지 복지의 혜택을 파격적으로 확대하고 있는 분위기입니다. 특히 젊은 세대가 많은 대기업일수록 신선하고 다양한 시도를 많이 하고 있습니다.

이런 노력들은 구성원의 충분한 Refresh가 전체적인 생산성을 향상한다는 사실을 기업들이 인식하고 있고, 또 하나는 MZ 세대의 특성과 분위기를 맞추기 위해 이들의 만족도를 높이고 조직문화를 개선하기 위해서입니다.

실제로 최근에 분위기를 보면, 휴게 공간에서 직원들이 자유롭게 휴식을 취하는 것이 아주 자연스러워졌습니다. 예전에는 휴게실에 있는 것 자체가 눈치 보이는 일이라 휴게 공간은 항상 고참 차·부장들의 공간이었지만, 이제는 어느 대기업이든 구성원 간 격식 없고 자유로운 분위기가 정착되었습니다.

기억해두면 좋아요!
직원의 Refresh가 결국은 인당 생산성 향상에 양질의 밑거름으로 작용됨을 인식하여 경쟁적으로 직원의 Refresh 다양화와 수평적 조직문화 설계에 집중하고 있으며, 최근에는 MZ 세대에 맞는 맞춤형 Refresh를 통하여 회사 충성도를 제고하고 있음

쌓인다, 쌓인다~ 포인트가 현금처럼
대기업마다 거의 있는 복지포인트

대기업에 입사를 하면 월급 외에도 다양한 경제적 혜택을 받게 됩니다. 그중에 하나가 복지포인트입니다. 이것은 현금과 같다고 생각하면 되는데 폐쇄몰에서 쇼핑을 즐길 수도 있고, 본인이 사용한 신용카드를 복지포인트로 전환도 가능합니다. 단, 신용카드 사용처가 복지포인트를 사용할 수 있는 사용처일 때 가능합니다.

예를 들어 건강 관련 업종에 사용이 가능하다고 했을 경우 운동화를(조깅을 위한 운동화는 건강 유지를 위한 상품) 신용카드로 구입하고 복지몰 포인트로 전환 신청을 하게 되면, 며칠 후 신용카드 승인이 취소되고 복지포인트가 차감되는 형식입니다. 또 다른 어떤 회사는 미용 목적의 성형도(자기계발) 복지포인트로 사용이 되게끔 확대하고 있습니다.

예전에는 복지포인트 사용 업종이 제한적이었지만, 최근에는 기업마다 허용 업종을 확대하고 있어 거의 모든 업종에서 사용이 가능한 수준입니다. 필자의 경우, 주유를 하고 복지포인트 전환이 가능하기에 거의 주유비로 사용을 하고 있습니다.

복지포인트는 기업마다 차이가 있지만, 1월에 기본 포인트가 지급되고 설이나 명절, 개인 생일, 창립기념일 그리고 회사에 특별한 이벤트가 발생했을 때 지급하기도 합니다. 포인트는 회사에 따라 다르지만 적게는 50만 점에서, 많이 주는 회사는 300만 점을 주는 곳도 있습니다. 포인트 1점은 1원으로 생각하면 됩니다.

노조가 있는 회사에서 연봉 인상률이 기대치에 못 미칠 경우, 복지포인트를 협상 테이블에 올려 포인트 인상을 하려고 노력하기도 합니다. 이처럼 복지포인트는 대기업 직원들이 가장 좋아하는 복지 중 하나입니다.

기억해두면 좋아요!
거의 모든 대기업마다 복지포인트를 제공하여 구성원들의 생활을 지원하고 있음

아이야! 세상에 태어난걸 축하해
눈치 보이는 육아휴직 대기업은 자유롭다

고용노동부의 정책 일선에서 가장 먼저 정책을 실천하는 조직이 공무원과 공기업, 대기업일 것입니다.

단적인 예로, 사회적으로 육아휴직에 대한 장려가 진행되고는 있으나, 중소기업에서는 여전히 직원들이 육아휴직에 대한 눈치를 많이 보는 것이 현실입니다.

그런데 대기업에서도 본인이 맡고 있는 업무가 있어 육아휴직을 진행하는 것이 부담스러울 수도 있습니다. 그러나 이것은 본인들의 부담감일 뿐 회사나 부서장이 눈치를 주는 경우는 거의 없습니다. 최장 1년간의 육아휴직을 마치고 복귀하는 경우에도 눈치를 주는 경우는 없고, 당연한 근로자의 권리로 인식이 하고 있습니다. 만약 부서장이 육아휴직에 대하여 부정적인 입장이라면, HR 부서나 노조에 고민을 토로하면 말끔히 해결되는 분위기입니다. 그리고 육아휴직은 신청 기간이 길다 보니 사용을 안 하고 있다가 회사가 다니기 힘들 경우, 휴식을 목적으로 사용하는 경우도 많이 있습니다.

육아휴직의 기간은 최장 1년 이내, 자녀 1명당 1년이고 아빠, 엄마(&임신 중인 여성 근로자) 모두 근로자의 자격에서 사용이 가능하고 동시 사용도 가능합니다. 단, 사용의 자격은 육아휴직 개시일 전날까지 해당 사업장에서 계속 근로한 기간이 6개월 이상 되어야 합니다. 그리고 이 기간 동안 급여는 매월 통상임금의 80%로 상한 150만 원, 하한 70만 원입니다.

예시로, 상한 150만 원을 지급받는 경우 휴직 기간 동안에는 월 1,125,000원. 복직 후 6개월 시점에 4,500,000원 지급이 됩니다. 특이사항으로는 정부의 '출산장려정책'의 일환으로 2022년부터 임신 중에도 육아휴직 사용이 가능해졌습니다. 그리고 1년 범위 내에서 분할 사용도 가능한데, 임신 중 사용한 육아휴직은 분할 횟수에는 차감이 안되도록 시행을 하고 있습니다.

기억해두면 좋아요!
대기업은 육아휴직과 같은 법에서 규정하는 사항이나 국가에서 권고하는 사항에 대하여 철저하게 지켜나가는 분위기임

건강할 때 다시 일하자
다치거나 병에 걸리면 이용하는 공상, 사상제도

회사를 다니다 보면 몸이 아프거나 다칠 경우가 있을 수 있습니다. 이럴 때 직원들이 사용하는 것이 '사상'과 '공상'이란 제도입니다.

여기서 '사상'은 개인의 생활에서 발생하는 사고이고, '공상'은 회사 업무와 연관된 사고입니다.

이러한 제도는 기업마다 사규에 의해 진행되는 것으로, 특별한 법적 기준이 제도적으로 지원되지는 않습니다. 일반적으로 사상이 공상보다는 사용기간이 짧고, 사상이나 공상의 사용기간을 사규에 의해 제한적으로 운영하고 있습니다.

이 제도를 신청할 때에는 병원 진단서를 발부받아 근거

자료로 제출하면 되는데, 진단서에 대한 승인 여부는 HR 관련 부서에서 검토를 합니다.

예를 들면 회사에서 체육대회를 하다가 발목에 부상을 당했다면 공상에 해당될 수도 있고, 사상에 해당될 수도 있습니다. 일반적으로 생각을 하면 공상일 것 같지만, 이는 회사가 자율적인 기준에 의하여 시행하는 제도이므로 사상으로 판단을 하더라도 수긍하는 것이 좋습니다. 즉, 사규에 의한 기준에 대하여 일반의 생각을 기준으로 제시하시면 안 된다는 것입니다.

참고로 사상이나 공상 휴직기간에 급여 또한 회사의 사규에 의하여 지급을 하고 있습니다.

기억해두면 좋아요!
공상이나 사상 발생 시 회사가 정한 사규에 의하여, 사고나 질병에 대하여 회복기간을 공식적으로 가질 수 있음

PART **3**

대기업
업무의 반은
글쓰기

쓰고, 또 쓴다! 끝나지 않는 보고서 쓰기
대기업 생활의 50% 이상은 보고서

어찌보면 대기업 생활의 50% 이상은 보고서 작성일 것입니다. 대기업은 일반적으로 모든 일에 항상 보고서가 사용되는데 업무를 해도, 교육을 받아도, 출장을 가도, 품의를 올려도, 항상 보고서를 작성하게 됩니다. 그런데 이 보고서를 잘 작성하는 사람이 있는 반면, 한 시간을 소비하고도 반 페이지를 작성하지 못하는 사람도 생각 외로 많이 있습니다.

이러한 보고서 작성 시 꼭 알아야 할 한 가지 사실이 있습니다. 이 사실만 염두에 두고 작성을 하여도 꽤 좋은 보고서가 되는데, 보고서는 보고받는 사람의 관점에서 작성되어야 한다는 점입니다. 보고서는 내가 작성하지만 보고받는 사람이 알고 싶어 하는 사항을 주요 항목별로 정리하는 것이 올바른 보고서입니다.

어떤 보고서는 페이지 수가 많은데 비해 보고받는 사람이 살펴볼 만한 사항이 없다면, 분량의 의미가 없고 아무런 가치도 없는 일을 한 것입니다. 소위 장마철에 비 오는 이야기, 겨울에 눈 내리는 이야기와 같이 당연한 이야기, 모두가 알고 있는 이야기는 아무리 적어도 무의미한 보고서라는 뜻입니다. 보고자는 반드시 '보고 대상자의 Needs가 무엇일까?'를 고민하고 작성하는 습관을 들인다면, 어느 순간 보고서 작성 Skill이 향상될 것입니다.

추가적으로 보고서를 작성하다 보면 여백이 남는 경우가 있습니다. 이 여백은 여백으로 남겨두는 것이 좋습니다. 억지로 여백을 채우다 보면 본질과 다른 이야기들로 채워지는 경우가 있고, 엉뚱한 방향으로 나가기도 하여 보고받는 사람이 본질과 관계없는 질문을 하게 되는 경우가 종종 있습니다. 여백이 있더라도 본질에 충실한 이야기들로 채워야 한다는 사실 꼭 명심하기 바랍니다.

기억해두면 좋아요!
보고서를 만들 때 항상 보고받는 사람 입장에서 고민하고 작성하는 것이 보고서 잘 쓰는 첫걸음

문서 만들기는, 소위 개빡심!

경영계획의 공통 Agenda는 필수 암기

진짜
힘드니까
미리
알려줄게

대기업 본사는 거의 모든 일들이 '문서 만들기'라고 생각하면 되고, 특히 경영계획서 작성은 아주 중요한 작업으로, 기업마다 연말이 되면 내년도 경영계획서 작성으로 정신이 없습니다. 경영계획은 1년의 농사를 짓는 것이기에 To-be를 확실히 설정하고 그에 맞는 세부적인 계획을 기획하는 것입니다.

첫 번째는 경영계획서의 첫 장을 살펴보면 올해의 실적 리뷰가 대부분 들어가게 됩니다. 여기에는 정량적(숫자나 지표로 나타내는 객관화된 수치), 정성적(숫자에 의한 지표로 나타내기 어려운 정성이나 노력에 대한 부분을 서술형으로 작성)으로 표현되는데 크게 잘한 점과 못한 점을 서술이나 숫자로 표현한 장표라고 보면 됩니다. 보통은 3장에서 4장 이내로 들어가게 됩니다.

　두 번째는 내년도 경영의 목표를 명확하게 설정을 하게 되는데, 목표는 그룹에서 계열사로 부여하고 하달된 목표에 맞추어 경영계획서를 작성하는 것이 일반적인 Process입니다. 이러한 계획서는 그룹에서 부여된 경영목표에 짜 맞추기 한다고 생각하면 됩니다. 사실 올해 일들이 내년에 크게 달라질 것은 없지만 매출 목표가 낮아지는 해는 거의 없기 때문입니다. 그래서 본업 외에 목표를 달성하기 위한 신규 매출을 만드는 일에 모든 부서가 혈안이 되어 있습니다. (신사업 TF 구성의 원인)

　세 번째는 경영목표에 맞는 전략적 목표들을 사업부별로 분배하고, 분배 받은 사업부서들은 어떻게 실행할 것인지 세부 실행 계획들을 기획하여, 본사로 정해진 마감까지 납기를 하게 됩니다. 이 시기에 본사는 내년도 사업 환경에 대하여 면밀한 조사를 진행하게 되고, 사업부별로 경영리스크가 무엇인지 입체적인 분석을 하게 됩니다.

　이때 목표를 많이 받은 사업부서는 그야말로 초상집 분위기입니다. 목표를 달성 못하면 부서장들의 자리도 위험하고 인센티브와 직결되기에 거의 모든 사업부서 직원들이 긴장을 하게 됩니다. 세부 실행 계획이 모이게 되면 전사적으로 사업부서들의 L/H/C(Lead, Help, Check) 계획을 작성하고, 내년도 경영환경과 사업부별 실행 계획을 순차적으로 정리하게 됩니다.

이 과정에서 본사에서 파악한 경영리스크에 대하여 사업부서에 어떻게 위기대응을 할 것인지 계속 질의가 들어가고, 질의가 들어오면 사업부서는 어떻게 극복할 것인지, 합리적 논리를 만들어 본사로 보고를 합니다. 이때 기본적으로 아주 작은 사항까지 수십 번의 질의응답을 반복하는 과정을 거치며, 경영계획서의 하나의 문구가 완성됩니다.

네 번째는 세부 실행 계획이 완성이 되면 경영리스크 관리 순서로 기획이 되고, 전사적으로 재무계획이 제시되며 뒷장부터 사업부별 재무계획이 뒷받침되게 됩니다. 여기서 CEO가 가장 관심을 가지고 살펴보는 장표가 재무계획이고 내년도 매출 예상입니다. 다른 것은 안 본다고 해도 과언이 아닙니다. 대체적으로 CEO의 고정된 마인드가 경영계획에서는 "그래서 얼마 벌겠다는 건데?"입니다. 그리고 재무계획은 항상 플랜 A, B, C까지 제시가 되어 있는 것이 기본입니다.

마지막으로 내년도 예상 매출과 경상이익이 확정되면 전체적인 Road map이 제시되고 조직문화의 발전 방향, 구성원 직무역량 개발을 위한 교육 계획 등으로 마무리가 됩니다.

경영계획서가 마무리되면 부서마다 수고했다고 회식이나 기프티콘 등으로 치하하고, 이때부터는 연말 분위기를 즐기게 됩니다. 그리고 이 시기에 보통 정기인사이동, 인사평가, 연말정산 등으로 어수선한 분위기가 연출됩니다. 어떤 기업은 연말이나 연초에 미팅을 가보면 심하게 이야기하면 '그냥 논다'고 생각할 정도로 어수선합니다. 그런 분위기는 심하면 내년도 구정까지 이어진다고 볼 수 있습니다.

결론적으로 경영계획서 작성 시기 때는 정신적, 육체적으로 힘들고 많은 스트레스를 받습니다. 이때는 사업부서보다는 본사 직원들이 더 스트레스 강도가 높다고 할 수 있습니다.

기억해두면 좋아요!

경영계획은 거의 모든 대기업들이 매년 4분기에 진행하며 경영계획 시기에는 모든 부서들의 업무 강도가 높음

줄이고, 줄여서 핵심만 간결하게

원페이지 보고서 잘 쓰는 법

필자가 처음 입사했을 때 가장 많이 했던 일이 보고서 만들기였습니다. 현재도 모든 것이 글쓰기에서 시작되어 글쓰기로 끝난다고 할 수 있는데, 그나마 다행인 것은 10년 전부터인가 '원페이지 보고서'와 관련된 서적들이 시중에 출간되면서 기업들도 변화의 바람이 불기 시작했습니다. 즉, 보고서 줄이기가 경쟁적으로 불기 시작한 것입니다.

우리나라는 메이저 대기업들이 선두적으로 원페이지 보고서를 시작했으며, 다른 기업들도 효율성 측면 즉, 보고서에 과도한 업무시간 투자와 신속한 보고 측면에서 비효율적이라는 판단에서 원페이지 보고서를 도입하기 시작했다고 할 수 있습니다.

원페이지 보고서의 핵심은 말 그대로 '핵심 사항만을 한 두 장으로 간편하게 정리하는 기술'입니다. 그런데 이 원페이지 보고서가 어떤 사람에게는 맞지만, 어떤 사람에게는 더욱 곤란함만 부추기기도 합니다. 핵심 사항만 정리하는 것이 그리 쉬운 일은 아니기 때문입니다. 그래서 이러한 원페이지 기술이 부족하면, 매주 실시하는 주간보고서 작성 시에 상당한 애를 먹기도 합니다.

그럼 원페이지 보고서에서 가장 중요하게 고려하여야 할 사항은 무엇일까요? 회사 내의 모든 보고서가 동일하듯이 원페이지 역시 '보고 대상자가 가장 많이 알고 싶어 하는 부분이 무엇일까?'에 대한 고민이 훌륭한 원페이지 보고서를 만드는 기반이라 할 수 있습니다. 그다음은 정해진 페이지에서 꼭 필요한 기술인 바로 말 줄이기입니다.

결론적으로 보고 대상자의 Needs를 계속 생각하며, 말 줄이기를 통하여 완성하는 것이 핵심입니다. 다음의 말 줄이기 예를 들어 보겠습니다.

● 예시 :
(주)다온 기업의 핵심 경쟁력은 지속적으로 진행되는 생산원가 비용 줄이기 노력과 판매채널에 대한 다변화를 추구하여

다른 경쟁업체보다 마진이 높고 객단가도 저렴하여 상품단가 경쟁력이 우수함.

상기의 예시를 일반인이 보면 크게 줄일 사항이 없어 보이지만, 대기업에서 보고서 좀 하신다는 분은 분명히 '글이 왜 이렇게 길어?'라는 생각이 읽는 순간 들게 될 것입니다. 그럼 어떻게 줄일 수 있을까요?

● 수정 :

(주)다온 : 지속적인 OPEX 추구 & 판매채널 다변화로 상품 경쟁력 제고

앞의 예시에 담긴 내용을 포함하면서 문장도 한 줄로 깔끔하게 정리되었습니다.

핵심 경쟁력은 이미 문구에 포함되어 있으며, '원가 비용 줄이기'는 전문용어로 대체되었고 '상품 경쟁력 제고'란 말에는 이미 마진이 좋고, 객단가도 저렴하다는 표현이 녹여져 있다고 생각하면 됩니다. 여기에다 수정 추가의 예시처럼 시장가에 대한 부분이 도출되면, 보고 대상자가 더욱 만족해하는 보고서가 된다는 것입니다.

● **수정 추가 :**

(주)다온 : OPEX 추구 & 판매채널 다변화로 상품 경쟁력 제고

(시장가: 3,000원/ 판가: 2,700원)

그리고 원페이지 보고서를 구두보고할 때, 보고 자체를 간단하게 진행하는 것은 아닙니다. 작성된 원페이지 보고서를 읽는 것이 아니고, 보고서에 녹여진 핵심 사항들에 대한 주변 이야기들을 보고 하는 것입니다. 즉, 보고 대상자가 원페이지 보고서 안의 내용은 이미 눈으로 보고 있기에, 보고자는 보고서에 담긴 여러 가지 상황적인 시나리오를 미리 준비해서 보고하는 것이 잘하는 구두보고입니다.

대기업에서 보고는 일상생활이라고 생각하면 될 만큼 보고를 잘하는 것도, 보고서를 잘 쓰는 것만큼 중요한 일입니다. 보고를 어설프게 진행하면 보고 중에도 끊어 버리고 보고 잘하는 사람을 지목하며, 보고해라고 해서 기존 보고자가 수모를 당하기도 하는데 이는 당연합니다. 어떤 사람이든 정확한 보고를 받기 원하기 때문입니다.

정리하자면 첫째, 보고 대상자가 가장 알고 싶어 하는 부분이 무엇인지에 대한 고민을 작성이 끝날 때까지 하는 것(이 부분은 원페이지뿐만 아니라 모든 생활에 적용)과 둘째, 어떻게 함축적으로 문구를 줄일까에 대한 지속적인 연습이 필요합니다.

말 줄이기는 필자가 기업에서 직무역량 강의를 진행하며 교육 시간에 실습해 보면, 제일 안되는 부분이기도 합니다. 말 줄이기는 평소 생활 속에서 꾸준한 연습이 필요하고, 일상에서 마주하는 문장들을 보고용 문구로 변경하는 방법을 지속적으로 노력해 본다면 좋은 효과를 기대할 수 있습니다.

　　예전의 원페이지 보고서를 만든 경험을 하나 소개하면, 필자가 대표이사 수행 업무를 할 때입니다. 어느 날 갑자기 대표실로부터 호출을 받았는데, 대표이사가 참석할 경조사 참석 기준을 보고서로 만들어 오라는 지시를 받았습니다.

　　필자는 여러 가지 고민을 하다 간단명료하게 보고서에 "!", "?", "." 즉 느낌표, 물음표, 마침표로 구분을 하였습니다. 느낌표는 대표이사가 오신다고 확신하는 구성원으로 정의하여 대표이사가 반드시 참석을 해야만 하는 그룹, 물음표는 '오실지? 안 오실지?' 불확실한 그룹으로, 참석하면 좋아하고 불참해도 무방한 그룹으로 구분했습니다. 그리고 마침표는 안 오신다고 확신하는 그룹으로 참석을 하지 않아도 되는 그룹으로 정리한 후, 각 대상이 되는 그룹이 어떤 그룹인지 나누어 한 페이지로 정리해 보고를 하였는데, 대표께서는 보고서가 군더더기 없이 핵심적으로 잘 정리되었다고 칭찬을 받은 기억이 있습니다.

　　이처럼 원페이지 보고서는 보고 내용의 핵심이 무엇인지를 파악하는 고민이 제일 중요하다 하겠습니다.

결론적으로 예전에는 긴 보고서가 유행이었는데, 요즘은 함축적인 원페이지 보고서를 많이 활용하고 있는 것이 Mega Trend이고, 어떤 기업은 보고서 형식을 특별한 경우에만 하고, 메일로 편하게 작성하거나 SNS를 활용하여 보내라고도 합니다. 이렇게 어느 기업이나 일상적인 업무에서, 보고서 업무의 비중이 확실히 줄어드는 추세입니다.

기억해두면 좋아요!
기업마다 장문의 기획서에서 원페이지 형식의 보고서로 많이 변화되고 있으며, 원페이지 보고서의 핵심은 문장 간결화임

상사에게 사랑받는 보고서
보고서 잘 쓰는 실무적인 경험 제시

중소기업은 대부분 업무를 말로 전달하는 체계를 유지하지만, 대기업은 거의 모든 것이 문서로 정리되는 것이 특징입니다. 현장 생산직 직원도 생산공정이 마무리되면 간단하게라도 업무 보고를 하는 것이 일반적인데, 대부분 회사에서 운영 중인 경영 관련 프로그램에 입력하는 형태로 진행됩니다. 하지만 현장을 제외한 부서는 거의 모든 일들에 보고서 업무가 반 이상을 차지한다고 해도 과언이 아닙니다.

앞에서도 이야기가 나올 때마다 언급했지만, 보고서는 내가 작성을 하지만 보고받는 사람 입장에서 작성한다는 생각을 보고가 끝날 때까지 염두에 두어야 합니다. 그럼 보고서는 어떻게 작성하는 것인지 필자가 경험한 실무적인 팁을 이야기하겠습니다.

첫째, 좋은 보고서는 보고 대상 주제에 대한 충분한 사전 조사 실시가 우선시 되어야 합니다. 예를 들어 어떠한 사업장에 매출이 지속적으로 하락을 하고 있는 상황에, 경영진에서 매출하락의 원인과 이에 대한 대책안을 보고하라고 했을 때는 무조건 현장에 가서 충분한 조사를 진행하여야 합니다.

이때 조사의 목적은 경영진에서 보고하는 목적 즉, 매출하락의 원인에서 경영진이 주목할 원인이 무엇인지 분석을 하고, 매출향상을 어떻게 할 수 있는가에 대한 현실성 있는 대책에 대한 고민이 기반되어야 올바른 보고서가 나오게 됩니다. 그냥 "경제가 어려워지고 원자재 가격이 인상이 되어 가격 경쟁력이 상실된 결과로 ~~~ 하다"라는 식의 보고는 전혀 필요가 없는 장마철에 비 내리는 이야기가 됩니다.

위에서 듣고 싶어 하는 보고는 상품의 원자재 인상 요인 품목과 인상률 그리고 인상된 원자재를 대처할 수 있는 동일한 원자재가 있는지, 동종 업계는 어떻게 시장에 반응하고 있는지 등에 대한 자료 조사입니다. 따라서 주변에 동일한 상품의 판가는 어떻게 되고 있는지 등에 대한 조사를 입체적이면서 세부적으로 진행하여야 합니다. 이런 모든 것은 현장 실무자와 충분한 대화를 하고, 현장 주변의 다양한 환경에 대한 입체적인 조사가 진행되어야 좋은 보고서가 나오게 됩니다.

그런데 현장에 대한 조사가 많이 진행될수록 수준 높고 실효성 있는 보고서가 나오게 됨에도, 번거롭다는 이유로 현장 관계자와 전화나 메일만을 통하거나, 신뢰하지 못할 인터넷 정보를 취합하여 가짜 보고서를 만들어 경영진을 믿게 만들어 버리는 일이 발생한다면 경영상의 RISK가 발생하게 됩니다. 이때 현장을 방문하지 않은 보고서를 살펴보면 담당자의 추측성 문구가 많이 들어가 있는 것을 볼 수 있습니다. 따라서 답은 무조건 현장에서 찾아야 좋은 보고서이고, 실효성 있는 보고서로 작용됩니다.

둘째, 현장조사 자료는 중요도를 기준으로 보고서 목차 형식에 따라 분류합니다. 현장에서 다양한 조사를 진행하였다면, 조사한 내용을 가지고 중요도에 따라 분류를 합니다. 필자의 경우는 조사한 내용에 제목을 달아 문서에 정리를 해놓고 보고서를 작성하는데, 이때 가장 중요한 것은 중요도를 기준으로 분류를 합니다. 그리고 회사마다 보고서 작성의 목차가 있는데 목차에 붙여 넣기가 수월하도록 분류를 합니다.

여기서 중요도라는 것은 '보고받는 사람이 꼭 알아야 하는 중요도'를 의미하고, 조사한 내용 중에 보고받는 사람이 이미 알고 있는 내용은 삭제하는 것보다 만약을 대비하여 별도의 자료로 보관하고 있거나, 보고서 Appendix에 편입하는 것도 좋은 방법입니다. 가끔은 알고 있는 내용도 다시 물어볼 수 있으므로 대비를 하는 차원입니다.

셋째, 문장을 줄여 작성하고 가급적이면 배치와 여백을 일관성 있게 작성합니다. 어떤 보고서를 보면 이게 소설책인지 보고서 인지 구분이 안 가는 경우도 많이 있습니다. 보고자 입장에서 가급적이면 많은 내용을 담고 싶을 때 보고서가 필요 이상으로 살이 찌게 되는데, 좋은 보고서는 다이어트가 잘 된 보고서입니다. 근육과 꼭 필요한 살들만 있으면 되지 불필요한 지방은 제거하는 것이 좋습니다. 보고받는 사람도 회사에 와서 소설을 읽고 싶지는 않을 것이므로 꼭 필요한 내용만으로 구성하도록 합니다.

이때에도 필자가 누차 강조하고 있는 사항이 바로 문장 줄이기입니다. 여러분이 보고서에 작성한 내용을 다시 읽어보면, 분명히 문장 중 몇 개는 문구를 제거해도 문장 연결이 자연스럽고, 오히려 문장의 의미가 더욱 명확해지는 경우가 있습니다.

● 예시 1 : 문장 줄이기

기존 문장 : 2022년 1월 10일 14시까지 재직 중인 모든 구성원에 대하여 조직문화 설문조사 완료 예정

줄이기 문장 : 구성원 대상 조직문화 설문 시행('22년 1월 10일 14시 마감)

단어를 대체하고 불필요한 문구를 제거하다 보면 보고서형의 간결한 문장으로 수정됩니다. 앞의 예시 문장에서 '재직 중인 모든 구성원'에 대하여란 말들이 모이게 되면 결국은 보고서가 늘어지고 소설이 되게 됩니다. 이런 식으로 보고서는 문장을 줄이고 핵심적인 내용으로 변경하여야 합니다.

문장 줄이기가 중요한 또 다른 이유도 있습니다. 보고서를 간결하고 비주얼 하게 보이게 하려면 어느 정도 문장 배치의 일관성과 문장의 여백이 중요한데, 이럴 때 문장 줄이기 Skill이 도움이 됩니다. 특히 PPT를 이용한 보고서가 많기 때문에 문장 줄이기는 필수입니다.

● **예시 2 : 보고서 가독성**

1. 상품 AAAA의 경쟁력 분석

    1) --------------------------------------

    2) --

        ------------------- (문장 줄이기)

    3) ---

    4)---

앞의 예시 2에서 2)번의 문장이 지나치게 길면 어느 정도 문구 정리를 해야 합니다. 문장 줄이기에 익숙한 사람은 비교적 수월하게 문장의 길이를 정리하여, 보고받는 사람의 가독성을 높여주게 됩니다.

넷째, 내가 작성하는 보고서가 자연스럽게 읽히는지, 목적에 맞는지 수시로 체크합니다. 보고서를 작성하는 중간중간에 지금 만들고 있는 보고서가 보고 대상자의 목적으로 작성되고 있는지, 수시로 체크하는 습관을 들여야 좋은 보고서가 나옵니다. 짧은 보고서는 상관이 없지만 10페이지가 넘어가는 보고서를 작성하다 보면, 많은 내용을 다루느라 자칫 엉뚱한 방향으로 갈 수도 있기 때문입니다. 그러니 수시로 체크하여 보고서의 방향이 바르게 가고 있는지 확인을 합니다.

특히 내가 작성하고 있는 문구가 말이 되는지, 자연스럽게 읽히고 있는지, 그 내용이 이해가 되는지 확인을 하여야 합니다. 어떤 보고서를 보면 두 세장 내외의 짧은 보고서임에도 내용 파악이 안되어 작성자에게 계속 질문하며 파악해야 하는 보고서도 많이 있습니다. 이런 보고서라면 차라리 구두 보고를 하지 굳이 보고서를 만들 필요가 없습니다.

잘 된 보고서는 중학교 2,3학년 수준이 읽었을 때, 전문적인 영역을 제외하고는 90% 이상 내용 파악이 되는 정도여야 합니다. 즉, 내가 만든 보고서가 중학생 수준이 읽었을 때 이해가 되는지 주의를 기울이며 작성을 해야 합니다.

어떤 사람들은 보고서가 완성된 후에 본인이 만든 보고서를 본인이 이해하지 못하는 경우도 종종 있습니다. 이것은 보고서를 만들 때 문장에 대한 고민도 없이 작성한 결과라 생각됩니다. 경영부서의 기획자는 반드시 상기의 습관을 들이면 훨씬 수월하게 보고서를 작성할 수가 있습니다.

다섯째, 정성적인 사실도 중요하지만 정량적 방식으로 수치화하는 방식도 필요합니다. 보고서를 작성할 때 정성적인 사실관계에 대한 언급도 중요하지만, 가급적이면 정량적으로 표현 가능한 부분은 수치화하는 것이 보고서의 신뢰도를 향상하는 데 더 도움이 됩니다.

수치화를 하는 목적은 현재와 미래 시점의 수준을 파악하는 기준을 명확하게 제시해 주고, 한눈에 비교 분석하기가 용이하기에 많이 사용하고 있습니다. 실제로 기업에서 보고를 하다 보면 보고받는 사람들이 가장 중요하게 생각하는 포인트가 바로 정량적인 숫자입니다. 정량적인 수치로 보고서를 만들 때 가장 중요한 사항은 반드시 객관적인 수치를 사용해야 하고, 만약 추측 수치를 사용할 때에는 추측 수치를 뒷받침할 합리적 상황과 기준들이 제시가 되어있어야 합니다.

어떤 보고서는 정량적인 사항이 많이 기입되어 있는데 자료에 대한 출처도 없고, 표현한 근거를 질문해도 우물쭈물 넘어가는 경우도 있습니다. 정량적인 수치를 작성할 때에는 업무 경험만을 가지고 직관적으로 제시하는 경우도 삼가해야 합니다. 이런 보고서는 차후에 문제가 되는 경우도 많고, 보고를 하는 과정에서도 보완 지시를 받는 경우가 비일비재하므로, 반드시 객관적인 백데이터가 무엇인지 확실히 제시를 해야 합니다.

그리고 필요 이상으로 정량적인 수치를 많이 사용한 보고서도 있는데, 보고서를 오랜 기간 작성하다 보면 정성적인 부분과 정량적으로 표현해야 할 노하우가 생기게 됩니다. 이때 경험이 별로 없다면 옆에서 고참들이 작성한 보고서를 많이 살펴보는 것도 실질적이고 현실적인 도움이 될 수 있습니다.

보고서를 잘 만든다는 것은 하루아침에 이루어지는 일이 아닙니다. 보고서에는 반드시 기업문화에 기인한 보고서의 색채가 있습니다. 오랜 기간 보고서를 작성한 고참들은 조직문화와 Align한 보고 작성에 익숙해져 있으니, 그들의 도움을 받아 작성을 하는 것이 제일 좋은 방법이라 생각합니다.

여기에서 기업문화(조직문화)는 본 책에서도 자주 언급되는데 보고서를 작성하는 것도 기업에서 정한 정형화된 툴이 있습니다. 즉, 기업마다 문서 작성에 대한 고유한 컬러가 있다고 보면 됩니다. 따라서 먼저, 기업의 보고서 컬러가 무엇인지(목차 구성, 폰트, 여백, 문장의 길이나 느낌, 주석 다는 방법, 전체적인 보고서의 흐름 등)를 파악하고 문서를 작성해야 합니다.

　여기에 제시한 보고서를 쓰는 방법은 필자가 사내 기획 업무와 투잡으로 진행하는 문서 대행을 하며 쌓인 노하우를 기술한 것이니, 이것을 참고하여 본인의 문서 작성 노하우를 개발하기 바랍니다.

기억해두면 좋아요!
보고서를 잘 만들기 위해서 정답은 없지만 일정한 형식을 외우고 있고, 자신만의 작성 노하우를 개발하다 보면 자연스럽게 Skill이 형성됨. 결국은 많이 만들어 보는 것이 제일 좋음

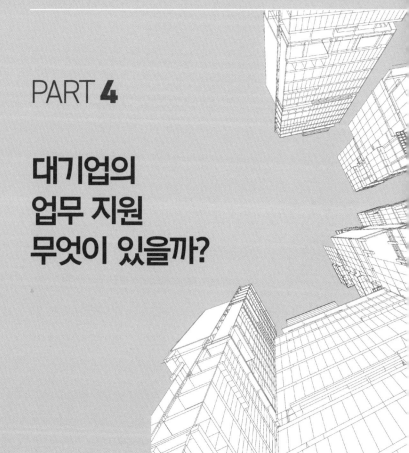

PART **4**

대기업의
업무 지원
무엇이 있을까?

이 카드는 내 거, 저 카드도 내 거?

법인카드 잘못 쓰면 소명서 날아온다

회사마다 지급 기준이 다르지만 대부분의 대기업에서는 직원들에게 법인카드가 지급됩니다. 법인카드는 공적인 회사 업무에 한하여 사용하는 카드입니다.

그런데 업무 목적에 맞게 잘 사용하는 직원들이 있는 반면, 사적인 용도로 사용하는 경우도 많이 있고, 변칙적으로 사용을 하는 경우도 있습니다.

대표적으로 '법인카드 꺾어 사용하기'인데 하나의 법인카드로 여러 번 나누어 사용하는 경우입니다. 예를 들면 결제 금액이 부담스러울 때 주로 사용하는 방법으로, 사용 금액이 50만 원이 나왔다고 하면, 25만 원씩 두 번에 나누어 결제를 하는 행태입니다. 유사 방법으로는 나누어 꺾는 방법도 있는데 여러 장을 사용하여 결제하는 방법입니다. 그리고 가맹점 변경인데 법인카드 금지 사용처 즉, 유흥시설 등에서 사용을 하고 일반 식당을 끊어 달라고 하는 방법입니다.

　　대기업이라 법인카드 전표가 하루에도 수백 장씩 올라오기에 본사에서 걸러내는 것이 어렵다는 생각으로 사용을 하는데, 최근에는 시스템이 좋아져 바로 적발이 되는 경우가 많으니 이런 사용은 자제하는 것이 좋습니다.

　　만약 법인카드를 잘못 사용하면 어느 날 법인카드 사용 소명에 대한 메일이 옵니다. 몇 월, 몇 시에, 어디서, 금액이 얼마인데 사용처와 사유에 대하여 소명을 하라고 회계 부서나 자체 감사팀에서 발송됩니다. 어떤 경우는 기억도 나지 않는데 소명을 해야 하는 경우가 많고, 소명을 제대로 못하면 징계로 이어지는 경우가 많으니 법인카드 사용 습관은 처음부터 정석으로 사용을 해야 합니다.

　　회사생활에서 접대를 하다 보면 법인카드 사용을 해야 하는 상황인지 애매한 경우가 종종 발생하게 되는데, 법인카드 사용이 통상적인 방법이 아니라는 생각이 든다면, 사용 전 부서장에게 선 보고를 통하여 승인이 나는 경우에만 사용을 하고, 미승인 시에는 사용을 하지 않아야 합니다.

　　부서장에게 사전 승인을 받은 건이라면, 차후 소명 요청이 오더라도 비고란에 '부서장 사전 승인 건'이라고 한 줄 적으면 문제는 발생되지 않으니, 이슈가 될 만한 사용 건은 반드시 부서장에게 사용 전 승인을 받는 습관을 들이길 바랍니다. 올바른 사용 습관이야말로 난처한 상황을 피하는 가장 좋은 방법입니다.

기억해두면 좋아요!
법인카드는 반드시 회사가 제시한 기준에 의하여 사용해야 하며, 변칙적인 사용은 소명이라는 단계를 거침

회사는 당신이 간 곳을 알고 있다

법인차, 편리하지만 동선 파악이 문제

동선 파악 되는 회사차

일반적으로 대기업은 법인차를 지급하여 직원들의 업무에 사용하도록 하고 있고, 주유도 법인카드로 결제를 하고 운행을 합니다.

보통 다수가 차 한 대를 가지고 운영하는데, 예전에는 법인차 이용을 위해 법인차 관리대장에 목적지, 사용 용도, 사용자 정보, 반납일 등을 수기로 기재하고 사용을 했습니다. 그러다 교통위반 스티커라도 날아오면 법인차 관리대장을 근거로 하여 개인에게 벌금을 납부하도록 했습니다. 물론 상황에 따라서 회사에서 대납해 주는 경우도 있습니다.

최근에는 4차 산업혁명 Trend에 맞게 법인차만 전문적으로 관리해 주는 시스템이 시중에 많이 개발되어, 거의 모든 기업에서 관리 시스템을 적용 중에 있습니다. 그런데 이런 기술들이 발전할수록 편해지는 대신, 제약당하는 경우도 많아지고 있습니다. 예전에 수기로 작성할 때는 업무가 일찍 끝나면 조기 퇴근도 하였는데, 현재는 기본적으로 이동한 동선이 시간대별로 시스템상에 기록되고, 과속을 했는지 여부와 주유와 운전사 정보 등 모든 것이 시스템으로 관리가 되도록 되어 있기 때문입니다.

이런 시스템은 운전자의 동선이 실시간으로 기록되기에 외근 중 시간 상 회사로 복귀하기도, 조기 퇴근하기도 애매한 경우가 발생하기도 합니다. 이럴 때 판단은 본인이 해야 하지만, 시간적으로 애매한 순간에도 복귀를 하고 회사에서 퇴근하는 정직함을 보여주는 행동이 점차 누적되면, 어느 날 부서장이 "바로 퇴근하지 왜 들어왔어?"라는 말을 웃으며 하게 될 경우도 있을 것입니다. 그럼 당신의 이미지가 성실하게 일을 하고 퇴근시간을 준수하는 직원이라는 이미지를 쌓을 수 있을 것입니다.

회사생활이라는 것이 결국은 소소한 장점들이 모여 좋은 이미지와 결과를 창출하는 것이므로, 사소한 사항에도 집중하여 자신의 이미지를 회사에서 요구하는 인재상으로 가꾸는 노력이 필요합니다.

조금 다른 이야기지만 중간관리자급 이상은 차량 관리

시스템이 도입되고 동선이 파악되는 법인차보다 자차 이용을 하는 경우가 더 많습니다. 자차를 이용해도 법인카드로 주유를 하고, 어떤 기업들은 차량 감가비용까지(운행을 증빙하는 서류를 회사에 공식 등록/누적 키로 수마다 급여에 포함하여 일정 금액 지급) 지급을 해주는 경우도 있습니다.

법인차 사용에도 매너가 필요합니다. 첫째는 주유 경고등에 불이 들어오면 반드시 주유를 하고 반납하는 것이 기본입니다. 다음 사용자를 위한 배려인데, 이것을 잘 못하면 다음 사용자에게 엄청난 욕을 먹습니다. 더군다나 다음 사용자가 관리자급 이상이라면, 호출되어 공개적으로 망신 당할 수도 있습니다. 아무리 사소한 것도 누적되면 큰 결점으로 인식되게 됩니다.

둘째는 차내 흡연 금지입니다. 최근에는 금연하는 직원들이 많아 법인차에서 흡연하는 경우가 거의 없지만, 차에서 담배를 피우게 되면 비흡연자는 차에 베인 담배냄새를 귀신같이 맡게 되고, 심한 경우 "○○○ 직원 법인차 사용 금지해 주세요"라는 글이 익명게시판에 등록되어 공개 망신을 당할 수도 있으니 주의해야 합니다.

기억해두면 좋아요!
법인차를 운행하기 위해서 반드시 본인 인증을 하여야 하고, 시스템은 운전과(과속) 운행에 대한 모든 것을 모니터 하고 있음

포스트 맨은 회사 안에 있다

대기업의 택배, 우편 시스템

기사님

처음에 입사했을 때 신기했던 것 중 하나가 바로 녹색 가방을 들고 매일 찾아오는 기사님이었습니다. 이 기사님을 보고 선배에게 물어보니 행랑을 배송하시는 기사님이라고 하였습니다.

행랑은 우편물(편지, 등기우편물 등) 등을 넣는 가방을 뜻하는 것으로, 대기업의 모든 기업에서는 행랑을 운행하고 있습니다. 전국적으로 내부 거점 간에 행랑을 통하여 수발신이 가능한 구조로 되어있고, 필요에 따라서 비즈파트너사와도 행랑 체계가 연결되어 있기도 합니다. 한마디로 기업 내부 거점 간에 매일 운행하는 택배 개념으로 물품 유무와 무관하게 고정적으로 운행됩니다.

행랑 이용은 기업마다 차이가 있겠지만 그룹웨어(Group ware : 기업전산망에 전자우편과 전자결재시스템, 데이터베이스 등을 결합하여, 조직 사이의 의사소통을 원활하게 하고 업무효율을 높일 수 있도록 만든 프로그램)에서 행랑 이용 품의서를 작성하면 되는데, 택배용지에 작성하는 방법 과 동일하게 작성하여 행랑수발실 가방에 넣어 두면 됩니다. 일 반 택배는 기업에서 구매한 택배용지에 작성하여 역시 행랑수발 실에 두면 행랑 기사님이 일반 택배로 전환하여 배송해 줍니다.

참고로 행랑 비용은 전사에서 부담하는 경우가 많고, 일 반 택배는 부서에서 부담하는 경우가 많습니다. 일반 택배는 행 랑수발실을 관리하는 부서에서, 각 부서로 일반 택배 사용 실적 을 통보합니다. 따라서 사적인 용도로 자주 사용하면 부서장에 게 경고를 받을 수 있으니 주의해야 합니다.

퀵 이용은 총무팀 행랑수발실 담당자에게 요청하면 회사 에서 고용한 퀵 업체 기사가 출동하여 업무를 수행하여 줍니다. 퀵도 부서에서 사용 실적에 따른 비용을 부담하는 경우가 많으 니 사적 이용에 주의해야 합니다. 전사가 비용을 부담하는 경우 에도 사적 사용은 자제해야 하는 것이 좋습니다.

결론적으로 대기업은 행랑을 통하여 내부 거점 간 물품 이나 문서 교환을 편리하게 할 수 있다는 것입니다.

예전에 한 후배가 사적인 용도로 택배를 많이 사용을 했는데, 연말 인사평가의 정성적 평가란에서 "공적인 부분에 대한 개념이 없음"이라고 적힌 사항을 보고 평가자에게 무슨 사유로 이런 평가가 되었는지 질문하자, 사적 택배 사용이라고 했습니다. 택배비 아끼려다 연봉인상률이 저하된 소탐대실의 경우입니다. 그러니 사소한 것도 부서장 시야에는 무조건 적발된다는 개념으로 업무에 임해야 합니다. 그리고 이런 문제로 적발되면 소위 '쪽'이 많이 팔립니다.

기억해두면 좋아요!
대기업은 자체적으로 행랑 시스템을 통하여 물류를 운영하고 있으며, 행랑은 매일 본사와 거점 간의 물류를 담당함

회사의 물품은 당신 것이 아니야!
대기업 업무지원 물품은 어떤 것이 있을까?

기업마다의 차이는 있지만 입사를 하게 되면 기본적으로 사무용 책상과 의자 그리고 사물함 1개가 기본적으로 세팅이 되어 있습니다. 그리고 대기업일수록 브랜드 제품을 사용하기에 품질도 우수하고 다양한 기능도 가지고 있으며, 사물함의 경우는 열쇠 키가 아닌 전자식으로 비번을 설정하게 되어 있습니다.

업무에 필요한 PC의 경우는 대부분 노트북을 선호하기에 주로 노트북으로 지급받는데, 사용기간은 기업마다 최소 2년에서 4년까지 사용을 하게 됩니다. PC 사용 연한은 회사의 내부 정책에 의하여 결정이 되고, 사내 필수 보안이나 그룹웨어 구성에 필요한 프로그램은 일반적으로 IT 팀에서 지원을 하므로, 사용자는 프로그램 설치의 스트레스 없이 사용하면 됩니다. 업무용 지급 PC는 제조사에서 기업용으로 제작되어 공급하므로, 시중에 판매되는 PC와는 모델이 동일해도 사양 구성이 다른 경우가 있습니다. 그리고 지급받은 노트북은 사용 연한이 다 되어 IT 팀에 반납을 하게 되면, 회사에서 새로운 상품화 과정을 거쳐서 직원들에게 저렴하게 사내 판매를 하는 경우도 있습니다.

프린터는 부서장 이상은 개인별 지급되지만, 부서에는 1대씩 설치되어 있는 경우가 많고 공용으로 사용을 하게 됩니다. 최근에는 개인별 IP로 관리가 되어 개인의 출력 부수와 출력물 제목까지 추적이 가능합니다. 예전에 한 여직원이 이러한 것을 모르고 퇴근 후 남아, 자녀의 영어교육 문서를 1,000장 넘게 출력을 하여, 평상시보다 프린터 렌털 비용이 부서에 과도하게 부과되어 부서장에게 발각된 일이 있었습니다. 이렇게 임대 프린터는 출력 매수에 따라 렌털 비용이 차등 부과되고, 부서에서 렌털 비용을 부담하는 경우가 많습니다.

몇 장 정도의 사적인 용도로 사용하는 것은 그냥 넘어가더라도, 위의 케이스같이 대량으로 사용을 하게 되면 분명히 문제가 되니 사적 사용을 금해야 합니다.

그 외 업무에 필요한 다른 IT 자산은 내부 품의를 통하여 추가로 신청이 가능합니다. 사무 문구류의 경우는 거의 모든 문구류(실내화, PC 보안 필터, 무선 마우스 등)가 지급됩니다. 주기적으로 사무용품 신청을 하게 되므로 신청 시에 필요한 문구를 신청하면 됩니다.

소모성 개인 비품은 일반적으로 부서 단위로 구매를 하여 부서 공용사물함에 보관을 하게 되고, 공용으로 사용하는 A4용지 같은 경우는 전사에서 일괄 구매하여 부서로 지급을 하게 됩니다. 또한 회사의 로고가 박힌 종이컵, 크기 별 종이 가방과 다양한 경조사 봉투 등도 지급이 됩니다.

만약 업무를 위하여 특정한 물품이 필요하면 목적과 사용 용도를 기입한 내부 품의를 진행하여 승인이 나면 구매가 가능하며, 회사에서 발급된 자산 태그를 부착하여 사용하면 됩니다. 회사에서 지급받은 소모성 문구류 외에는 모든 자산에 관리 태그가 부착이 되므로 훼손이 안되게 관리를 해야 합니다.

전사적으로 일정 시기에 정기적으로(어떤 회사는 월 단위 자산 실사) 자산 조사를 진행하게 되므로, 부서에서 사용하는 모든 자산은 부서에 자산 담당자를(별도의 추가 업무) 별도로 지정하여 관리하게 됩니다.

기억해두면 좋아요!
대기업 입사자는 업무에 필요한 모든 것을 지원받으며, 본인의 업무에 따라 기본 자산 외에 특별한 물품도 지원받을 수 있음

출장비 얼마면 되겠니?

대기업의 국내, 해외출장비

외근 시에는 법인차량 지원과 유류대 지원을 하고, 업무 출장을 진행을 하게 되면 일당 개념의 출장수당이 별도로 지급됩니다.

금액은 임원 이하의 평균적 기준으로 보면 일 3만 원~4만 원이 사이가 많습니다. 여기에서 교통비, 식대, 숙박비는 별도로 법인카드를 사용하면 되는데 일부 회사에서는 식대를 일당에 포함하는 경우도 있습니다. 다만 출장을 가서 거래처와 식사를 하는 경우에는 법인카드로 사용을 하는 것이 일반적입니다.

출장 숙박비의 경우 1박에 7만 원~10만 원 사이로 많이 책정을 하고 있으며, 기업 내부 분위기에 맞추어 숙박을 하면 됩니다. 만약 숙박지가 특별한 사유(관광지, 성수기 등)로 고가일 경우는 숙박하기 전 부서장에게 사전에 통보를 하는 것이 예의이고, 출장 복귀 후에도 숙박비로 인한 이슈가 제거됩니다.

해외출장 시는 원 달러 기준 환율에 의한, 일 출장비를 정하고 출장 일수를 곱하여 지급이 되는데, 국내 일일 출장비보다 높게 지급이 됩니다. 참고로 선배 한 분은 주재원이 아닌 출장으로 1년간 해외로 머물렀는데, 연봉의 반 이상 되는 출장비를 수령하였습니다. 만약 해외 장기 출장의 기회가 있다면 꼭 한 번 다녀오기를 추천드립니다.

해외출장을 가서 장기로 거주하게 되면, 여행이 아닌 업무적 성격으로 거주하는 것이기에 현지의 여러 가지 다양한 정보와 문화를 습득하는데 많은 도움이 됩니다. 그래서 장기 출장을 가거나 해외 주재원으로 파견된 근로자가 복직 후, 바로 회사를 퇴사하고 이민을 진행하는 경우도 많이 있습니다.

기억해두면 좋아요!
모든 출장에는 출장비가 지급되며, 해외출장 진행이나 해외 주재원으로 근무 시 개인의 식견을 넓히는 기회로 아주 좋음

PART **5**

대기업에서
살아남기,
명퇴의 그늘

나이가 든 게, 잘못은 아니잖아요

대기업의 정년퇴직 이야기

회사생활에서 평균적으로 40대가 되면 본인의 임원 승진 여부가 판가름 난다고 보면 됩니다. 한마디로 스스로가 임원 승진 가능성이 있는지 어느 정도 예측이 가능해집니다. 더구나 최근에는 40대 임원이 많아지는 추세이기도 합니다.

임원으로 승진 가능성이 있는 사람이면 큰 걱정 없이 근무에 올인하면 되는데, 그렇지 못한 사람은 나이가 들면 들수록 고민을 하게 됩니다. 회사를 계속 다니는 것이 좋은지, 한살이라도 젊었을 때 다른 길을 찾아보는 것이 좋은지, 근무를 하면서도 계속 고민을 하게 됩니다.

흔히들 하는 말로, 밑에서는 능력 있는 후배들이 올라오고, 회사에서는 언제 나가나 눈치를 주기에 퇴사에 대한 고민을 많이 하게 됩니다. 특히 40대 중반이 넘어가고 50대가 다가오면 그러한 고민은 절정으로 치닫는다고 해도 과언이 아닐 것입니다.

이 시기에 고민은 퇴사를 해서 새로운 일을 해야 한다는 미래에 대한 불안감인데, 필자 나이 또래 대부분이 이와같은 고민을 하게 되는 것 같습니다. 회사 내의 모든 상황을 버티며 회사를 더 다니고 싶어도 언제 정리해고 당할지 모른다는 불안감에, 한살이라도 젊을 때 퇴직해서 백세시대 제2의 인생 기반을 만들어야 한다는 고민들이 있습니다. 그리고 회사를 고집하다 어중간한 시기에 퇴출될까에 대한 두려움이 교차되는 나이라 할 수 있습니다.

이때 가장 좋은 방법은 회사에 재직하면서 제2의 인생을 만들어 보는 것이지만, 매일 출근을 해야 하므로 현실적으로 상당한 어려움이 있습니다. 다행히 유튜브에서 제2의 인생을 대비하는 다양한 방법들을 소개하는 영상들이 많은데, 여유 있을 때마다 정보를 숙지하는 것도 하나의 좋은 방법이라 생각합니다.

대한민국 남자 나이 50이면 여러 가지로 고민이 많아지는 것은 대기업이라고 열외 일수 없습니다. 좀 다른 이야기이지만, 필자도 30대에 업무 미팅 제안을 받은 벤처기업이나 중소기업 담당자가 나이 많은 50대라면, 미팅에 참석할 때 상당한 부담스러움과 피하고 싶은 마음이 들었던 것이 솔직한 심정이었습니다. 이 말은 대한민국 사회에서 현실적으로 50대 이상이 사회생활을 할 분위기가 그렇게 좋지 않다는 것입니다.

하지만 이것 또한 본인이 해결해야 할 몫이므로 가급적이면 직장에 있을 때 나를 신뢰해 줄 인맥을 많이 만드는 것이 중요합니다. 어떤 경우는 의도적이든 그렇지 않든 비즈니스 파트너사에게 소위 갑질하지 않고 잘 지내다가 퇴직 시에 파트너사로 이직하는 성공적인 경우도 많이 보았습니다.

이처럼 인생 나이 50이 넘어가면 대기업도 예외 없이 제2의 인생에 대한 많은 고민을 하게 되므로, 직장에서 맺어진 다양한 사람과의 만남을 중요하게 관리하고, 사회가 돌아가는 정보에 민감하게 반응하는 사람일수록 고민의 무게를 줄이게 되는 것이 아닐까라는 생각을 해봅니다.

회사생활에서 많은 사람과의 연결은 회사라는 타이틀로 인한 것이지, 나로 인함이 아니라는 사실을 인식해야 합니다. 이 말은 회사를 나오고 나면 심각한 사람 부족에 시달릴 수도 있으니, 재직 시에 다양한 사람들과 인격적으로 좋은 관계를 형성해 놓는 것이 매우 중요하다는 것을 염두에 두기를 바랍니다.

기억해두면 좋아요!
대기업에 재직하는 기간이 상당히 짧아졌으며, 정년 개념보다는 중간에 퇴사나 경력 이직 그리고 명퇴의 그늘이 존재하고 있음

40대에 명퇴가 웬 말이냐?

대기업의 명예퇴직 이야기

〈 명퇴 〉

필자가 처음으로 명퇴 면담을 진행한 나이가 불혹인 40세이었는데, 그때 공무원으로 방향을 잡지 못한 것을 후회했었습니다. 그때는 선택을 할 수 있는 자율면담 형식이라 본인이 일을 하겠다고 하면 회사에서 계속 일을 할 수가 있었습니다. '자율면담'이란 회사가 명퇴 의사자가 있는지 사전 조사 차원에서 실행하는 인터뷰이고, 대상은 회사마다 기준이 다릅니다.

최근에는 대기업의 명퇴 나이가 젊어지고 있는 추세입니다. 예를 들면 특정 연령층 이상으로 진행할 수도 있고, 과장급 이상과 같은 특정 직급에 기준하여 진행될 수도 있습니다.

대기업을 다니면 혜택은 많으나 근로 수명은 그렇게 길지가 않는 것이 현실입니다. 어떤 최악의 경우에는 자신이 속한 부서가 수익성 악화로 없어지기도 하는데, 여기 부서에 속한 인원들은 다른 부서로 이동 발령이 나거나 마땅한 보직이 없을 경우 본사로 대기발령을 받게 됩니다.

이런 경우도 나이가 비교적 젊은 구성원에게 해당되고, 사내에서 특별한 경쟁력도 없는, 나이가 50세 부근이라면 회사가 공식적으로 나가라고 말은 못 하지만, 우선 명퇴 면담을 통하여 반강제로 후배들을 위해 퇴직할 것을 권고하는 것이 일반적입니다.

그런데도 회사에 계속 남아있겠다고 하면 대기발령으로 일거리가 없는 한직으로 보내기도 하고, 출퇴근이 어려운 곳으로 발령을 내기도 합니다. 회사는 정규직으로 고용된 직원에게 강제로 퇴사를 시키는 것은 법적으로 불가하기에 직원 스스로가 나가게끔 여러 가지 방법들을 사용하는 것이 현실이라 할 수 있습니다.

그나마 다행인 것은 대기업의 경우 회사가 의지를 가지고 명퇴를 진행할 경우에는 소위 '명퇴금'이라 할 수 있는 위로금을 지급한다는 점입니다. 위로금의 규모는 회사마다 다르겠지만 최근의 1금융권에서 진행된 명퇴금을 보면 수억 단위의 고액을 지급한 사례가 있기도 하였습니다.

하지만 명퇴금을 주는 것도 회사가 정하는 일이므로 항상 주는 것은 아니라는 점도 알아야 합니다. 여기에 부가적으로 퇴직 후 재취업 프로그램 지원, 자녀 학자금 지원(자녀 대학 등록금 포함), 건강검진 비용 지원(평균 퇴직 후 3년 치) 등 대기업마다 차이는 있지만, 현재 나열된 항목은 거의 공통적으로 지급이 된다고 보면 됩니다.

여기서 중요한 것은 명퇴 대상자가 안되기 위해서는 업무를 평균 이상으로 수행을 하든지, 사내에서 자신만의 경쟁력을 확보하는 것이 명퇴의 위험을 벗어나는 방법입니다. 결국 회사는 업무를 못하는 직원들에 대하여 정리하고자 하는 시스템으로 움직이는 것인데, 언제부터인가 제2의 인생을 조금 더 이른 나이에 준비하고자(자유로운 개인사업 등의 다양한 이유) 회사가 제공하는 명퇴 프로그램을 선택하는 경우도 상당히 높은 비중을 차지하고 있습니다.

필자가 생활하며 느낀점은 간혹 회사 경영상의 이슈로 인하여 업무성과 여부와 상관이 없이 대량 명퇴(회사 내의 이슈에 대하여 관리자가 책임을 진다는 의미로 또는 후배들을 위하여 희생하는 아름다운 퇴직도 많음)를 진행하는 경우도 많이 있지만, 회사에 입사를 했다면 자신의 업무는 평균 이상으로 진행하는 것이, 평소에도 본인 스스로가 덜 불안한 회사생활을 영위할 수 있다는 것입니다.

추가적으로 중요한 사실은, 회사에서 경영상의 큰 이슈

가 발생하여 대규모로 명퇴를 진행할 때 명퇴 희망자가 기대 수준에 못 미칠 경우, 추가 대상자 명단은 통상적으로 부서장에게 일임하여 리스트를 작성하게 하고 인력팀이 취합을 하게 됩니다.

현실적으로 이런 위기를 넘기기 위해서 윗사람과 소위 라인 타기라도 잘 해 놓았다면 위기의 순간에 구원의 손길이 있을 수 있고, 실제로 계속 회사에 남아 있는 경우도 많이 보았습니다. 그래서 부서장과의 관계가 정말 중요한데 이 부분도 본서에서 소상히 다루었습니다.

기억해두면 좋아요!
대기업들의 경우 회사가 의지를 가지고 명퇴를 진행할 경우, 퇴직금과는 별도로 소위 '명퇴금'이라는 위로금을 지급함

빈 책상 말고, 일거리를 주시오!

대기업의 대기발령 이야기

필자가 경험한 바에 의하면, 회사가 당신을 퇴직시키고자 계획을 하였다면 순순히 나가는 것보다, 심적으로는 매우 힘들지만 버틸 때까지 버티다 나가는 것이 조금이라도 좋은 조건에 나가게 되는 것 같습니다.

여기에서 '심적으로 힘들다'는 것을 굳이 표현하자면, 나에 대한 자존심을 집에 두고 출근해야 견딜 수 있는 정도라 하겠습니다. 심한 경우 본사 대기발령을 내고 책상 하나만 던져주고는 하루 종일 아무도 말을 걸지 않고 투명인간 취급을 하는 경우도 있는데, 인격적으로 참기가 정말 힘이 드는 일입니다.

아무도 말을 걸지 않는 분위기가 연출되는 것은 누가 시켜서라기보다는, 분위기상 말을 걸 수 없는 환경이 자연스럽게 조성됩니다. 속으로는 '정말 보기 딱하다', '내가 저런 일을 겪게 될 수도 있다'는 등의 생각을 하게 되지만, 본사 대기발령자에게 말을 걸었다가 괜한 오해를 야기할까 피하게 되는 것입니다. 대기발령자 입장에서도 본인의 상황이 그러하니 침묵하는 분위기가 서로 맞물려 돌아간다고 보면 됩니다.

　　본사 대기발령자에게 또 힘든 것은, 대부분의 대기업 본사가 서울 도심권에 위치하고 있어, 중식 시간에 혼자 밥을 먹을 수 있는 식당을 찾는 것도 상당한 심적 부담감으로 작용을 하게 됩니다. 필자가 아는 분은 대기발령을 받고 아예 점심을 굶고 있다가, 오후 3시쯤 식당 자리가 나면 그때 식사를 하곤 하였습니다.

　　또 다른 경우는 후배를 부서장으로 승진시켜 후배 밑에서 일을 하게 발령을 냅니다. 이 역시 상당히 힘든 일입니다. 예전에 편하게 말을 하는 사이에서 후배에게 "부서장님" 하며, 또 다른 수직 관계로 대하여야 하는 것도 상당한 심적 압박감으로 다가오게 됩니다. 새로운 후배 부서장도 이런 상황이 오면 대부분 많이 힘들어합니다.

　　그나마 제일 무난한 것은 연고지가 아닌 먼 곳으로 발령을 낸다거나, 그간에 했던 업무와 상이한 업무 부서로 발령을 내어 직무수행에 문제가 있는 사람으로 인식이 되게끔 하여 스스로 포기시키는 경우입니다. 대부분 이런 상황에 마주하면 처음에는 가족들 생각하며 버틴다고 하지만, 현실적으로 짧은 사람은 3개월 내에 자발적 퇴직을 하는 경우가 대부분이고, 길어야 6개월에서 1년 사이에 회사를 그만두게 됩니다. 이 중에서 정말 100명 중에 한두 명 정도는 다시 현업에 복귀하는 인간승리를 하기도 합니다.

어쨌든 이런 위기 상황이 온다면 욱하는 감정으로 자존심 때문에 즉흥적으로 퇴사를 결정하기보다는 인내하는 것이 좋다는 이야기를 하고 싶습니다. 자존심 때문에 회사를 사직했다가 후회하는 사람을 정말 많이 보았기 때문입니다. 퇴사를 하면 대기업이라는 브랜드가 보호해 주는 영역이 생각보다 많다는 것을 생활 속에서 절실히 느낄 것입니다.

여기서 필자는 조금이라도 버티면 일찍 나간 구성원보다 조금 더 좋은 조건을 회사가 제시한다고 이야기하였지만, 기업 내부 사정에 따라 상이하다고 판단을 해야 합니다. 그리고 가능하다면 다수가 퇴직을 하는 물결이 있을 때 나오는 것도 좋은 방법이라 생각하지만 이 역시 판단은 개인의 몫입니다.

기억해두면 좋아요!

자발적 & 책임지는 명퇴를 제외한 경우, 업무적인 역량이 부족하거나 나이가 비교적 있는 구성원은 경영위기나 사업부서가 축소되는 경우 본사로 대기발령을 받는 경우가 많으며, 대기발령 시 상당한 강도의 심적인 압박감을 받게 됨

PART **6**

대기업의
사내 교육은
자기계발 찬스!

살림살이가 더 윤택해졌어요
자격증으로 급여 더 받기

 대기업이 주는 다양한 혜택 중에 자격증 수당이 월 급여에 포함되어 지급을 되는 경우가 있습니다.

운전면허증이나 컴퓨터 활용 능력과 같은 일반적인 자격증은 해당되지 않고, 업무 연관성이 뛰어난 기사 레벨의 자격증으로 사내에서 정한 사규에 의하여 급여에 자격증 수당이 지급됩니다. 그리고 필요한 자격증을 구성원이 취득하려고 하면 회사에서 학원비나 시험 응시료가 실비로 지급되기도 합니다.

일반적으로 전문직이나 기술직에 종사하는 부서가 많은 대기업에서는 대부분 자격증 수당을 지급하고 있으며, 자격증 레벨이 2급에서 1급으로 올라가면 수당도 올라가게 됩니다. 그리고 기술 직군이 아닌 일반 직군에서 기술 관련 자격증을 취득해도, 자격증 수당을 지급하는 경우가 많이 있습니다. 따라서 자격증 수당이 연봉인상보다 볼륨이 큰 직원들도 많이 있습니다.

이렇게 자격증 수당과 자격증 취득에 대한 모든 경비를 지급하다 보니, 회사에서 필요한 자격증 취득을 위해 주말에도 열심히 공부하는 대기업 직원을 도서관이나 전문학원에서 많이 볼 수 있습니다.

입사한 기업이 자격증 수당을 지급하는 기업이라면, 자신의 경쟁력이 향상되고 수당을 더 받을 수 있으니 꼭 도전하기 바랍니다. 지속적인 자기계발의 노력이 당신에게 조금 더 경제적 풍성함을 가져다줄 수 있으며, 회사생활을 오래 하게 되는 원동력으로 작용하기도 합니다.

기억해두면 좋아요!

대기업은 직무와 연관된 자격을 취득하도록 다양한 지원을 하고 있으며, 자격증 취득 시 급여 외에 별도의 자격증 수당을 지급하는 기업도 많이 있음

교육을 받아야 실력이 늘지

구성원 직무역량 개발 교육 콘텐츠 종류

대기업은 아무래도 경제적으로 여유가 있다 보니 직원들의 직무역량에 상당한 비용을 집행하고 있습니다. 특히 직무와 연관된 교육 프로그램, 예를 들면 재무와 관련된 직원이라면 회계와 관련된 교육을 온 오프라인으로 시켜주고 있으며, 업무와 무관하게 사회의 Trend가 되는 교육도 본인이 원한다면 언제든지 교육받을 수 있도록 기회를 제공하고 있는 기업이 많이 있습니다.

교육의 수준도 전문적인 교육처와 계약하여 상당히 높으며, 직원들의 직무역량을 개발하기 위한 직무 교육 체계를 수립하고, 교육이 원활하게 운영될 수 있도록 육성 시스템도 구축되어 있습니다. 또한 직무역량 프로그램을 승진제도 등과 연계하여 운영하는 기업도 많이 있습니다.

이는 기업이 저성장 시대에 직무 교육의 중요성을 인식하고 체계적인 직무 교육을 통해, 신속하게 변화하는 기술과 시대 문화에 대응하고자 많은 시간과 비용을 투자하고 있는 것입니다. 즉, 현재의 시장환경에 능동적으로 대처할 인재양성을 위해 새로운 지식, 정보, 기술 등을 습득하여 구성원들이 효율적으로 업무를 수행할 수 있는 환경을 조성하기 위해서입니다. 구체적 목적을 정의하면 기업 내부 인재 육성, 직무역량 강화, 조직 구성원과 외부 환경과의 원활한 화합과 소통 그리고 자기개발의 기회를 주고자 시행하고 있습니다.

최근에는 4차 산업혁명과 연관된 메타버스, AI 빅데이터, 블록체인 등의 교육을 공통적으로 많이들 제공하고 있습니다. 또 직무에 따라 구분하여 폭넓은 다양한 콘텐츠의 교육 기회를 제공하고 있습니다.

이러한 교육을 받은 구성원은 업무 진행 시 상당한 전문성을 기반으로 일을 추진하기에 기업도 실제적인 효과를 거둡니다. 예를 들면 신규사업을 기획하는 구성원에게는 신규사업 개발역량 교육을 진행하여 좀 더 체계적으로 신성장엔진을 발굴하도록 하면, 이때 교육을 이수한 구성원의 보고서는 뚜렷한 차이를 보이게 됩니다.

교육의 참여는 의무적인 교육도 있지만, 대부분이 개인이 관심 있는 분야를 선택할 수 있도록 자유롭게 운영하고 있습니다. 때로는 부서에서 필수 교육으로 지정하여 교육을 강제하기도 하는데, 연말 인사평가 시기에 교육 이수가 많은 구성원들이 인사고과에서 가산점을 받는 경우가 많이 있습니다.

결론적으로 대기업은 중소기업보다는 자기개발의 기회가 많이 열려 있으니, 요즘과 같은 평생직장 개념이 무너진 현상황에서는 적극적으로 교육에 참여하여 자신만의 경쟁력을 확보하기 바랍니다. 그러나 솔직하게 이야기하면 현업의 일들이 산재해있기에 이런 교육을 이수하는 것이 힘들긴 합니다.

하지만 모든 것은 자신의 의지이므로 본인이 의지를 가진다면 바쁜 업무 속에서도 많이 배울 수 있을 것입니다. 교육 콘텐츠의 수준도 회사의 교육 담당자가 충분한 검토를 하고 선택한 교육으로, 이수만 하면 실제적인 역량 향상으로 직결되어 전문성을 얻기에 부족함이 없을 것입니다.

대기업의 경우 수익다변화 차원에서 구성원에게 신규사업을 찾아오라고 요구하는 회사가 많이 있습니다. 특히 본사는 신규사업 개발을 하라고, 거의 매일 구성원에게 압박을 하는 경우가 많이 있고, 실제로도 신사업 발굴 TFT를 많이 진행합니다.

예를 들면 나는 신규사업을 하는 직무가 아니어도 사업거리를 찾아오라고 하는 경우가 많이 있는데, 신규사업은 사업 개발을 하는 여러 가지 기법을 알면 많은 도움을 받을 수가 있습니다. 이럴 경우 신규사업 개발에 대한 교육 콘텐츠는 교육 업체별로 많이 제공되고 있으니, 오프라인 강의나 온라인 강의를 참석하여 반드시 교육받기를 바랍니다.

신규사업 기획은 정답은 없지만 개발에는 일정 부분 공통으로 적용되는 원칙이 있으므로, 이에 대한 이해가 있다면 신사업 발굴과 기획에 많은 도움을 받을 수 있기 때문입니다.

기억해두면 좋아요!
대기업에서는 직원들의 업무역량 향상을 위한 다양한 교육 프로그램을 ON, OFF Line 으로 제공하고 있음. 이런 교육은 거의 무료로 제공되기에 본인의 자기개발을 위해서 회사가 제공해 주는 최고의 선물임

지겹다 생각 말고 무조건 이수하자
대기업의 법정의무교육

법정의무교육
이수해야할까

대기업의 정규직, 계약직, 파견직 등의 근로자라면 법정의무교육을 받아야 합니다. 교육 이후에는 시험에 응시하여 일정 점수 이상이 되어야 수료가 가능하고, 교육은 일반적으로 온라인으로 시행이 되며 평균 2주 정도의 시간 안에 이수를 하도록 되어 있습니다.

교육은 크게 5가지로 구분됩니다. '산업안전보건 교육', '직장내장애인인식개선 교육', '직장내성희롱예방 교육', '개인정보보호 교육', '퇴직연금제도 교육'으로 구성되어 있으며, 최근에는 기업 자율에 의하여 '윤리경영 교육'을 실시하는 기업도 많아지고 있습니다.

이 중에서 '직장내성희롱예방 교육'은 얼마 전 사회적으로 이슈가 된 '미투'와 더불어, 기업에서 매우 중요시하는 분야입니다. 성희롱 예방에 관해서는 다양한 사례와 더불어 별도의 교육까지도 진행하는 것이 현실입니다.

성희롱 교육의 주요 Agenda는 육체적 행위, 언어적 행위, 시각적 행위, 사회 통념상 '성적 굴욕감' 또는 '혐오감을 느끼게 하는 것'으로 인정되는 언어나 행동 등에 대하여 구체적인 상황 제시를 통하여 아주 상세하게 교육을 진행합니다.

그리고 실제 성추행 행위 발생 시 대처 요령에 대한 사내 매뉴얼과 신고 Process에 대한 교육도 진행하고 있습니다. 또한 기업 내부에 '성희롱 전담 신고채널'도 운영을 하여 경각심을 주고 있습니다.

이러한 분위기로 인해 직장 회식 자리에서 이성 옆에 앉는 것을 회피하기도 하고, 술이 취해 혹시나 실수를 할까 매우 주의를 기울이는 것이 현실입니다. 무엇보다 성희롱 가해자로 적발이 되면 회사생활을 하기 힘들 정도로 곤경에 처하게 되므로 각별히 주의하여야 합니다.

법정의무교육을 구체적으로 정리해 보면 다음과 같습니다.

▶ **법정의무교육의 가장 근본적인 목적** : 근로자가 직장에서

부당한 일을 당하지 않도록 예방하거나 당했을 때 대처법을 알 수 있도록 교육

▶ **법정의무교육의 대상** : 5인 이상의 사업장은 모두 해당(대기업뿐만 아니라 중소기업도 해당)

▶ **법정의무교육의 종류**

1 성희롱예방 교육

— 대상 : 전 직원

— 의무교육 시간 : 연 1회 / 60분 이상

2 개인정보보호 교육

— 대상 : 개인정보 취급자 또는 업무에 따라 개인정보에 접근하여 처리하는 자

— 의무교육 시간 : 연 1회 / 60분 이상

3 장애인인식개선 교육

— 대상 : 전 직원

— 의무교육 시간 : 연 1회 / 60분 이상(50인 미만 사업장의 경우 교육 자료나 홍보물을 게시, 배포하여 대처 가능)

4 산업안전보건 교육

— 대상 : 전 직원

— 의무교육 시간: 분기별 1회, 업무 성격과 고용 근로자 수에 따라 교육 형태, 시간 상이 함

5 직장내괴롭힘예방 교육

— 대상 : 전 직원

— 의무교육 시간: 연 1회 / 60분 이상

⑥ 퇴직연금제도 교육

— 대상 : 전 직원

— 의무교육 시간: 연 1회 / 60분 이상

여기에서 '퇴직연금제도'는 근로자가 알아서 할 부분이지 왜 교육을 할까라는 의문이 있을 수 있는데, 퇴직연금은 기업이 근로자의 퇴직연금을 운용하기 때문에 법적으로 교육을 받도록 하고 있습니다. 이때 교육 미이행 시에는 과태료가 부과됩니다. '퇴직연금제도 교육'은 본인의 노후와도 연계되는 만큼 꼼꼼하게 이수하는 것이 좋습니다.

교육 이수 후에는 교육에 대한 설문과 시험을 진행하게 됩니다. 이 중에서 '산업안전보건 교육'과 '개인정보보호 교육'은 법적인 문제가 많이 출제되므로 강의를 꼼꼼하게 이수해야 합니다.

참고로 대기업은 교육을 자체적으로 알아서 하지만, 교육 관련 담당자가 없는 중소기업에는 법정의무교육에 대한 광고성 전화가 많이 옵니다. 고용노동부 또는 안전보건공단에 등록된 기관이라고 하며 교육 관련 점검으로 사업장을 방문한다거나, 교육 미실시 사실을 확인했다고 하며, 자신들에게 교육을 받으라는 식의 반 강제성 전화를 합니다.

　　　사업장 방문은 어떠한 경우에도 근로감독관 및 안전공단 직원 외에는 사업장 점검이 불가하고, 교육 실시 여부는 조사전에는 아무도 알 수 없으므로 이런 불법 영업에 넘어가는 일이 없도록 주의하길 바랍니다.

기억해두면 좋아요!

대기업의 법정의무교육은 '산업안전보건 교육'을 비롯하여 크게 5가지로 매년 반복적으로 진행되고 있으며, 말 그대로 의무교육이므로 무조건 이수하는 것이 원칙임

깨진 컴퓨터도 다시 보자

대기업 보안 업무 이야기 1

대기업의 보안

인터넷의 발달로 SNS가 지배하는 세상이 도래하면서 기업에도 '개인정보보호법'에 의한 보안 개념이 강화되고 있습니다. 최근에는 회사에서 사용하는 모든 PC에 기업 전용 보안 프로그램이 설치되고, 프린트한 장을 해도 본인의 사번이 워드마크 형식으로 같이 인쇄되어 출력됩니다.

또한 회사에서는 고객의 정보 유출 예방책으로, 그룹이나 자체 보안 관련 부서에서 개인정보가 유출될 만한 서류들을 책상에 방치하고는 있지 않은지, 불시에 현장 순시를 진행하거나, 개인용 PC에 개인정보 수집 사항이 있는지 검열을 하게 됩니다. 이때 개인정보 취급을 잘못하면 회사에서 징계를 받기도 하니 주의해야 합니다.

개인정보보안을 위하여 회사는 개인정보보안서약서를 의무적으로 작성하게 되고, 부서마다 개인정보 보호자를 선임하고(선임된 구성원은 유출 사고 시 법적 책임 있음), 년 1회 이상 개인정보 보호 관련 교육을 의무적으로 진행하고 있습니다.

그런데 개인정보를 보호하기 위한 조치는 좋은데, 직원들 입장에서는 업무를 진행할 때 상당히 불편한 점도 야기되고 있습니다. 예를 들어 계열사 간에도 보안 프로그램이 상이하여 메일에 첨부 파일을 전송할 때에도 문서 보안을 해지하여 전송하여야 하고, 어떤 경우는 문서의 글자가 깨지거나 암호 형식으로 잠겨버려 스피드한 업무를 방해하기도 합니다. 그러니 중요한 메일을 보낼 때 반드시 보안이 해제되었는지 꼭 확인하는 습관이 필요합니다.

이것 때문에 낭패보는 경우가 일상다반사로 연출되는데, 보안 해지가 안된 문서를 전송하고 퇴근하는 경우, 수신자가 문서를 못 열어 다시 회사로 출근하는 경우도 발생합니다.

기억해두면 좋아요!
개인이 지켜야 할 보안 사항이 매해 구체적으로 세분화와 범위가 증가하고 있으며, 개인이 부주의하여 발생된 보안 사고와 관련해서는 사내 징계뿐만 아니라 법적인 책임까지도 감당해야 하는 경우도 발생됨

방심하단 큰코다친다
대기업 보안 업무 이야기 2

앞에서 언급하였지만 최근에는 기업마다 정보보안에 대한 의식이 상향되어 정보보안 책임자를 선임하고 별도로 관리하고 있으며, 정기적인 보안검열을 통하여 회사 내부 정보가 외부로 흘러가는지 집중적으로 감시를 하고 있습니다.

직원들에게도 보안서약서 서명을 하게 하고, 보안 사항 위배 시 그에 따른 법적인 책임을 물을 수 있도록 조치하고 있으며, 부서마다 보안 책임자가 지정되어 관리되고 있습니다.

현실적인 이야기를 하자면, 보안 책임자로 지정되면 업무 외에 정기적으로 보안 담당자에 대한 전문적인 외부 교육이 실시되고, 사이버위기대응 관련 사항을 숙지해야 하는 등 별도의 교육을 이수하도록 되어 있습니다. 이처럼 이 직책은 상당히 번거롭고, 문제가 발생하면 법적인 책임까지도 감당해야 하기에 상당한 심적 부담감을 느끼게 됩니다. 그리고 보안 책임자라고 급여를 더 받지도 않기에 직원들이 상당히 꺼리는 것이 현실입니다.

보안점검은 주로 개인 업무용 PC에 대하여 고객 정보가 되는 정보를 수집하는 것은 아닌지, 또는 회사의 기밀 사항을 메일을 통하여 전송한 일은 없는지 등에 대하여 검사합니다. 자체 보안 프로그램을 통하여 수시로 모니터링하기도 하고, 전사적으로 보안점검을 불시에 진행하기도 하므로 보안검열에 걸리지 않도록 각별히 주의를 해야 합니다.

사내 보안 항목은 회사별로 차이가 있습니다. 공통적으로 체크하는 부분은 전사적으로 IT 관련 부서가 사내 전용망에 바이러스 유무를 실시간으로 감시하고, 사회적으로 이슈가 되는 바이러스에 대하여는 사전에 전사 공지를 하여 예방대책을 직원들에게 안내합니다.

개인이 각별히 주의해야 하는 것으로는 조합이 되면 개인정보가 되는 것(예 : 전화번호+이름, 주민번호+이름 등)들입니다. 개인 PC에 수집이나 흔적은 없는지를 검열하게 되므로, 반드시 주기적으로 자신도 모르는 사이에 개인정보를 수집하고 있지는 않는지 각별히 주의하여야 합니다.

최근에는 직원들이 퇴근 후 보안 관련 부서에서 불시에 개인 데스크에 사내 보안에 위배되는 사항은 없는지, 시건장치는 잘 되어있는지 여부 등을 점검하여, 적발자에 한하여 관련 부서에 통보를 하는 일들도 정기적으로 행하여 지고 있습니다. 그러니 퇴근 시에는 반드시 시건장치 유무를 확인하고, 데스크에 보안점검에 위배되는 서류들은 없는지 반드시 확인을 하고 퇴근하는 습관을 가지는 것이 좋습니다.

그리고 각 부서마다 아니면 공동구역에는 문서 세단기가 있으므로 목적이 상실된 문서들은 바로 없애는 습관 또한 매우 중요합니다. 대기업은 거의 모든 출력물에 출력한 사람의 개인 사번이 워드마크로 인쇄되어 있으므로, 사고가 나게 되면 출력자가 바로 인식이 됩니다.

이러한 철저한 관리를 진행함에도 불구하고 어느 회사나 출력한 문서들을 마치 전리품처럼 쌓아두는 구성원도 있는데, 이런 일들은 삼가하여야 합니다. 보안에도 위배되지만 본인이 인지하지 못하는 사이에 본인 사번이 인쇄된 문서가 유출이 될 수 있기 때문입니다.

실제로도 그런 사건들로 인하여 징계를 받는 사례가 비일비재합니다. 예를 들어 입찰에 참여하는 업체들의 명단과 제안단가를 정리한 문서를 데스크에 놓아두었다면, 외부에서 미팅을 온 직원이 책상에서 우연히 발견하고 사진을 찍던가 아니면 몰래 가져가는 사건이 일어날 수 있기 때문입니다.

개인에 대한 주요 보안점검 항목으로는 지적재산권 관리, 사내 PC로 외부 사이트 접속 이력, 외장하드 사용 흔적과, 가장 주의를 기울여야 하는 사항은 외부로 보낸 E-Mail에 대한 검열입니다. 이에 대한 검열 방법에 대한 내용은 각설하고, 무조건 외부로 회사의 기밀이나 민감한 사항에 대하여 실수로라도 전송하는 일이 발생하지 않도록 철저하게 본인이 관리를 해야 합니다.

핵심기술을 많이 다루는 업무일수록 회사의 보안등급도 상향됩니다. 하지만 무엇보다 스스로가 높은 수준의 보안 의식과 사내에서 진행하는 보안 관련 의무교육을 철저하게 이수하는 것이 가장 좋습니다. 몰라서, 실수에 의해서 유출되었다는 변명은 사건이 발생된 이후 시점에는 아무런 소용이 없습니다. 철저한 주의를 하는 것 외에는 답이 없는 것이 바로 보안입니다. 아무리 강조해도 지나치지 않다고 강조하고 싶습니다.

대기업에 입사를 하면 매우 강도 높은 사내 보안 교육을 이수해야 하고 관련한 보안 서약도 매월 진행하게 됩니다. 그러니 보안만큼은 개인의 의식 속에 '무너지면 처벌받는다'라는 생각으로 긴장감을 가지고 지켜내는 것이 좋습니다.

그리고 회사 내에 물리적 보안도 있습니다. 통제 구역의

CCTV, 보호 구역의 출입자 관리, 회사 출입구의 관리 등의 많은 항목들이 있는데, 이는 관련 부서에서 안내한 사항만 잘 준수하면 됩니다.

기억해두면 좋아요!

대기업에 입사를 하면 매우 강도 높은 사내 보안 교육을 이수해야 하고 보안 서약도 매월 진행함. 보안은 회사에서 아주 민감하게 다루는 사항으로 절대적으로 주의해야 함

PART **7**

대기업의
직장생활
훔쳐보기

팀장에게 찍힌 불쌍한 동기

대기업 조직문화에 적응하기

　　○월 ○일 정식으로 입사 발령을 받고 새로운 조직문화를 살펴가며 회사생활에 적응을 하고 있을 때, 다른 팀에 있던 입사 동기에게서 연락이 왔습니다. 경력사원 3년 차인데 1년만 적용되었다는 내용이었습니다.

　　대기업에서 이런 경우가 있나 싶었는데, 며칠 후 필자에게도 입사 신원보증 서류를 첨부하라는 내용과 함께 연봉동의서가 메일로 수신되었습니다. 필자 또한 경력사원으로 입사를 했지만 신입 채용으로 구분이 되어 있었습니다.

　　왜 경력 인정이 안되었을까 싶어 고민하다 그룹웨어에서

인력팀 담당자를 조회하여, 본 사항에 대하여 문의 메일을 보내려다 며칠 전 전화 온 동기가 생각이 나 어떻게 처리를 하였냐고 물어보니, 인력팀 담당자와 통화를 했고 전 직장 경력증명서를 새로이 발부받아 첨부하였다고 했습니다.

필자도 인력팀 담당자에게 문의하니 전 직장 경력증명서를 다시 첨부하라고 하였습니다. 그런데 경력증명서를 송부할 때 반드시 새 전자 메일에 새로이 작성하지 말고 얼마 전에 송부한 연봉동의서 수신 메일로 회신 발송하라는 요청을 받았습니다. 메일이 많이 쌓여 찾는 것이 번거로웠지만 요청 사항대로 인력팀에서 온 메일을 찾아 경력증명서를 전송하고자 하였습니다.

하지만 그 순간, 이곳의 조직문화가 아주 사소한 사항도 부서장에게 보고하는 장면이 떠오르며, 부서장에게 관련한 보고를 하고 보내는 것이 맞지 않을까라는 고민이 들었습니다. 동기는 어떻게 처리했는지 궁금하여 전화해 보니, 개인적인 일이라 본인은 그냥 부서장 보고 없이 전송했다고 하였습니다. 하지만 필자는 염려스러운 마음에 메일 발송 전 부서장에게 인력팀에 메일을 보낸다고 선 보고를 하고 일을 처리하였습니다.

그 일이 마무리되고 한 달 정도 지났을 무렵, 술 한잔하고 싶다며 연락을 취해 온 동기는 풀이 죽어 있었습니다. 무슨 일이냐고 물었더니 얼마 전 부서장에게 엄청 혼났다고 하였는데, 그 이유는 인력팀 부서장(대기업의 인력팀 부서장의 파워는 인사권으로 인하여 아주 높음)이 동기가 소속된 부서장에게 전화를 해서 ○○○ 직원의 경력과 업무 연관성을 질의하는 문의를 하였는데, 동기의 부서장은 아무것도 모르고 버벅거리다 통화 종료 후 동기를 불러서 왜 사전 보고를 하지 않았느냐며 혼을 내었다는 내용이었습니다.

여기에서 중요한 사항은 입사 초기에 가장 먼저 알아야 할 것 중에 하나가 바로 조직문화에 대한 이해와 습득(체질화)입니다. 앞서 예를 들어 언급한 이야기 중 필자의 직장에서는 두 가지의 조직문화를 볼 수 있었습니다.

첫 번째는 사소하지만 어떠한 사건에 대하여 내부 직원 간 메일로 소통을 할 경우, 새 메일 작성을 하지 않고 수신된 메일을 찾아 회신(하나의 사건을 History 형식으로 볼 수 있다는 점과 담당자의 신속한 일 처리에 도움)하는 형식으로 업무 연락을 하는 것이 조직의 메일 문화였습니다. 두 번째는 부서장에게 아주 사소한 것도 보고하는 분위기라는 것이 또 하나의 조직문화였던 것입니다.

이런 조직문화는 입사 초기에 본인이 직접 살피는 노력을 해야 신속하게 파악이 가능합니다. 그리고 이해가 잘 안되거나 어떻게 해야 할지 모르는 모든 사항은 반드시 선배에게 질문을 하여 구체적으로 파악을 하는 습관을 가질 때, 앞으로의 직장 생활이 편하고 남들보다 신속하게 적응이 가능할 것입니다.

필자는 대기업에 입사한 신입사원들에게 "조직문화는 내가 눈으로 귀로 입으로 노력하여 파악하는 것"이라고 말하고 싶습니다. 조직문화는 누가 가르쳐주지도 않고 매뉴얼도 없습니다. 그리고 조직문화의 영역이라는 것은 업무와 회식(특히 술 문화), 심지어 명절 때 인사 시기와 어느 윗선까지 인사를 해야 하는지, 경조사 발생 시 위치 별 행동 요령 등등 아주 넓은 영역이 있고 각 영역마다 세부적으로 구분되어 있습니다.

특히 업무와 관련된 조직문화는 보고서 폼과 보고 시기, 업무 중 이슈가 발생했을 때의 보고 방법이나 Process 등이 조직문화에 의하여 정리되고 있는데, 이것은 집안의 가풍과 같은 것이라 생각하면 됩니다.

기억해두면 좋아요!
대기업의 조직문화는 누가 가르쳐주는 것이 아니므로 개인이 눈치껏 신속하게 습득을 해야 하고, 상당수의 업무들이 조직문화 패턴의 기준 하에 진행되고 있음

시간 낭비인 줄 알았는데, 대박이었네

대기업 TF 구성 이야기

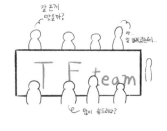

매스컴에서 종종 TF를 구성했다는 말이 자주 등장합니다. 대기업에 입사하면 어느 기업이나 TF 구성에 대한 공지를 많이 접할 것이고 고민하게 될 것입니다.

그럼 TF(Task Force)란 무엇일까요? 정의하자면 어떤 목적이나 과제를 성취하기 위한 임시 조직이란 뜻입니다. 평시의 경영환경과 다른 이슈가 발생할 때 특히 대기업이나 공기업, 정부기관에서 TF를 구성하는 것이 일반적입니다.

예를 들면 기업에서 신성장동력 발굴을 위한 신사업 추진이나 고질적인 경영상의 문제를 해결하기 위해서, 또는 특정

기업 인수나 이벤트성 업무를 추진할 경우 등에 긴급하게 조직하는 임시 조직이라 할 수 있습니다.

여기에서 필자의 경험에 비추어보자면 TF를 구성한다는 공고가 나오면 목적을 달성할 가능성 여부와 형식상으로 진행되는 TF 인가를 구분하는 것이 매우 중요합니다. TF라는 것이 말 그대로 임시 조직 구성이라 각 부서에서 사람을 차출하여 진행하게 되고, 발령 또한 본직을 유지한 채 겸직 발령을 내는 것이 일반적입니다. 때로는 부서장의 권유나 인사권 발동에 의한 발령도 가능합니다.

이제 예를 들어 두 가지 TF에 대하여 모집 공고가 났다고 가정해 봅시다.

● 예시 :

A TF : 회사 경영정책에 근거하여 본사 주관으로 어떤 회사를
　　　 M&A 하는 TF.

B TF : 내가 속한 부서에서 신규사업이나 고질적인 문제를 해
　　　 결하기 위한 TF

여러분이라면 위에서 어떤 선택을 하겠습니까? 선택이 가능하다는 전제로 필자의 경험을 이야기하자면, A TF에 들어가는 것이 훨씬 좋은 결과로 이어질 확률이 높습니다.

A의 경우는 회사 경영정책의 일환으로 추진되기에 계획된 TF 기간 중간에(3개월, 6개월 경우가 많음) DROP 될 가능성이 매우 낮고, 회사도 A TF에 전방위적 지원을 하여 반드시 목적을 이루게 하려는 정량적, 정성적 지원을 하게 됩니다.

회사는 TF 구성을 계획할 때부터 상당한 세부적인 로드맵을 가지고 접근하기에, 여기에 참여하는 구성원은 전사의 다양한 업무적 지원과 관계 지원 부서로부터 전폭적인 지원을 받습니다. 따라서 진행하는 일들이 상당한 탄력을 받게 되고 일의 성과도 빠르게 창출된다고 할 수 있습니다. 그리고 무엇보다 업무를 이루어가는 과정에 상당한 보람감이 있습니다.

반면, B TF의 성격은 한마디로 부서장 권한으로 현재 부서의 고정된 구조에서 창출되는 수익을 극대화하기 위한 방안을 찾거나, 업무를 개선하려는 방편으로 진행됩니다. 따라서 성과에 도달하기가 현실적으로 매우 어려운 구조입니다.

특히 부서에서 추진하는 신규사업 개발 TF는 주로 사용되는 단골 소재로, 뭔가 새로운 액션을 하고 있다는 취지로 하는 경영활동이라 할 수 있고, 맨땅에 헤딩하는 경우가 비일비재하다 할 수 있습니다. 그냥 TF만 발족하고 주제 하나 던지고 해보라는 것이며, 대다수의 TF가 상위 부서에 보고할 무언가의 Agenda가 부족할 경우 내부 보고용으로서 구성되는 경우가 많습니다.

그리고 여기에 참여하는 TF 구성원 또한 대부분 본직을 유지하고 참여를 하므로, TF에 임하는 업무적 열의가 상당히 저하되는 것이 현실입니다. 물론 가뭄에 콩 나듯 대박을 터뜨리는 경우도 있긴 합니다만, 무엇보다 겸직 발령 자체가 참여 구성원의 TF 업무를 등한시하게 되는 원인을 제공하고(TF에 중점을 두다가 본 업무의 배제를 걱정), TF에서 발생하는 일을 추가 업무 개념으로 인식하는 경우가 많습니다.

이런 부작용에도 불구하고 많은 부서장은 이런 자체 TF를 즐겨 행하고 있다는 것입니다. 물론 이런 부서의 TF는 조직이 방대하여 부서가 많은 대기업에서 대부분 행해지고 있습니다. 이렇게 행한 TF는 부서에서 상위 부서로 보고하는 주간 또는 월간보고서에 다음 예시와 같이 남겨지게 됩니다.

● 예시 :

1. ○○○ 비용 효율화를 위한 TF 발족

　　가. …….

　　나. …..

　　다. ……

2. ○○월~○○일 / ○○ B 회의실

3. 참여자 ○○○ TF 장 외 0명

4. 향후 계획: ----------------------------------

이런 것을 상위 부서에서 바라볼 때는 'ㅇㅇㅇ 부서장이 적극적으로 일을 하고 있구나'라는 판단을 하기에 아주 좋은 재료라는 것입니다.

필자의 경우 20년 이상 근무하면서 전사 또는 부서 자체 TF에 참여한 경험을 했지만, 부서에서 진행하는 TF의 경우 가시적인 성과를 도출하는 경우를 거의 본 적이 없습니다. 오히려 TF가 무의미하게 종료되어 본직에 임할 때에 필자가 고정으로 하던 일을 다른 사람이 맡게 되어 새로운 업무를 맡아야 하는 부담감이 생기기도 했으며, 기존에 있던 구성원이 보기에도 일정한 성과가 없음으로 스스로가 업무적으로 상당히 위축되는 경우도 많았습니다.

그런데 A TF에 참여하여 M&A를 달성한 경우는 목표를 이룬 시점에 포상으로 해외여행도 다녀오고, 특별 인센티브도 받고, 인수한 회사에서 흔히 점령군의 신분으로 낮은 직급임에도 불구하고 인수 기업의 부서장으로 상향 이동하게 되는 좋은 경험도 하는 사례도 많이 보았습니다. 이런 경험은 필자가 속한 기업에서의 사례이지만, 비슷한 규모의 기업에 속한 지인들 이야기도 대부분이 동일하거나 비슷한 유형의 사례가 많았다는 점은 독자분들이 참고하길 바랍니다.

정리를 하자면 TF 참여는 회사의 여러 경로를 통하여 성공 가능성을 분석해 보고, 전사의 지원을 받는 TF인지 현실적 판단을 하는 것이 좋은 선택이라고 말하고 싶습니다.

그리고 주의할 점은 TF에 참여한다면 절대로 적을 만들면 안 됩니다. TF의 특성상 나와 다른 근무처에 근무하는 구성원과의 조합이므로, 적을 만들게 되면 요즘 같은 메신저가 발달한 상황에서는 바로 부정적인 인물로 등극한다는 것을 기억하기 바랍니다.

TF에서 적을 만들면 어느 날 얼굴도 모르는 타 부서 사람이 나를 이상한 인격을 가진 존재로 평가하고, 퇴근 후 어느 술집에서 잘 차려진 가십거리가 됩니다.

이런 선입견을 형성하게 되면 극복하고 회복하는 것이 생각보다 상당한 노력과 힘이 듭니다. 그리고 무엇보다 심리적으로 스스로가 위축이 되게 됩니다.

기억해두면 좋아요!

대기업은 본사 차원이나 지사 단위 개념으로 수시로 TFT를 진행하며, TFT 참가는 의무 참가도 있고, 자율 참가 형식도 있음. 모든 TFT가 목적을 훌륭하게 이루어 내는 경우는 아니므로 TFT 참가 전 어떠한 TFT 인지 분석을 하는 것이 중요함

외롭게 지내다, 일찍 집에 간다
소통을 무시한 독불장군형의 그늘

 대기업의 또다른 특징 중 하나는 조직의 조화로움 속에서 성장한다고 할 수 있으며, 그 조화로움은 대기업의 소단위인 부서 단위에서부터 시작된다고 할 수 있습니다.

취업준비생들이 대기업에 입사를 하기 위해서 반드시 거쳐야 하는 관문은 입사 시험입니다. 그리고 여기에서 가장 중요하게 보는 것이 인성 검사인데, 인성은 일을 잘하는 것보다 더 중요하고, 조직문화의 조화로움에 더 가치를 두고 있습니다. 인성이 사람을 채용하는 가장 중요한 기준으로 작용하기 때문입니다.

예전에 삼성그룹은 면접 시에 관상까지 본다는 소문을 들어보았을 것입니다. 그만큼 대기업은 구성원 간의 조화로움이라는 큰 틀에서 팀워크를 매우 중요시하며, 다른 시험에 합격을 해도 인성 검사에 불합격하면 입사는 물 건너 간다고 봐야 할 만큼 중요합니다. 하지만 꼭 필요한 인재를 영입했는데 인성 검사에 떨어지면 보통은 1번인데, 3번까지도 기회를 주는 경우도 있었고, 인성 검사 합격 라인을 하향 조정하는 경우도 있기는 했습니다.

그런데 인성 검사에 통과해도 막상 10명 중에 한두 명은 '이런 사람이 어떻게 입사를 했을까?'라는 의문을 가지게 하는 인간형이 있습니다. 바로 독불장군형입니다. 본래 뜻은 '따돌림을 받는 외로운 사람'이라는 뜻인데, 직장에서는 엄청 강한 성격으로 자신의 주장만 펼치는 사람이라는 의미로 통하곤 합니다.

이런 사람들은 공통적인 특징이 있습니다. 바로 일찍 집에(퇴사) 가야 하고, 아무리 일을 잘한다고 해도 인사이동(보통 12월~2월) 시기마다 불안에 떨어야 합니다. 이들은 조화로움에 위배되는 인간형이라 직책자도 데려다 함께 일하기를 꺼려 하기 때문입니다.

대기업의 구성원은 보통 1,000명이 넘는 방대한 조직이지만, 성격적으로 한 번 찍힌 사람은 어디를 가든 소문이 꼬리표처럼 붙게 됩니다. 인사이동으로 부서를 옮기더라도 자신의 꼬리표는 이미 새로운 팀에서 인식하고 있다고 보면 됩니다.

만약 자신의 성격이 독불장군형 기질이 보인다면, 입사 시에 가장 먼저 할 일은, 스님처럼 묵언수행하듯 최대한 입을 닫고, 남의 이야기를 경청하는 법부터 배워야 합니다. 자기주장을 펼치고 싶다면 최소 부서장이나 임원이 되고 난 후에 하는 것이 좋습니다. 이렇게 자신의 생각을 누르는 각오를 매일 새롭게 다지는 것이 정말 중요하다고 할 수 있습니다.

자기주장이 강한 성향은 익명게시판에 타깃이 되는 것도 문제이지만, 부서 이동이라도 있게 된다면 곤란한 상황을 겪게 될 가능성이 아주 높습니다. 옮겨갈 부서의 사원들도 소문으로 들은 강한 사람이 오는 것에 상당한 심적 부담감을 느끼게 되므로, 당연히 본인을 둘러싼 말들이 많을 수밖에 없습니다. 흔히들 하는 말로 "사람은 고쳐 쓰는 것이 아니다"라는 말이 있는데, 이 말이 본인에게 해당되지 않도록 해야 합니다.

대한민국의 유명한 황혼의 여배우에게 어떤 남편이 좋으냐는 질문을 하였는데, "젊었을 때는 박력 있고 멋있는 남자가 좋았는데, 인생의 말미에서 생각해 보니 부드러운 남자가 좋다"라고 했던 말이 기억납니다.

대기업의 조직생활에서는 특히 더 부드러운 성격이 요구됩니다. 각 기업마다 인재상은 다양한 역량과, 자기의 소신과, 일의 철학이 어쩌고저쩌고하지만, 현실적으로 기업에서 요구하는 인재상의 그라운드는 반드시 부드러운 성품이 기반입니다.

　　대기업은 성격이 강한 사람은 함께 하지 못하고, 부드러운 사람이 성공적 생활을 하게 되며, 흑백보다는 컬러가 없는 사람이 성공할 가능성이 더 높다는 점을 말하고 싶습니다. 흑백보다는 컬러가 없는 사람이 성공한다는 이유는, 본 책을 읽다 보면 어떤 느낌인지 이해가 될 것인데, 이는 필자의 주관적인 견해임을 밝힙니다.

기억해두면 좋아요!
기업에서 제일 소중하게 다루는 것 중 하나가 바로 원활한 소통임. 소통에 문제가 있는 구성원은 회사생활에서 업무역량과 별개로 상당한 대미지를 받게 됨

교만하면 낮아지고, 겸손하면 높아지리니
대기업 업무는 팀플레이

 최근 기업에서 원하는 인재는 일을 열심히 하는 사람보다 일을 제대로 하는 사람을 더욱 원합니다. 그리고 직장에서 자신이 잘한 일을 인정받는다는 것은 누구에게나 기분 좋은 일입니다. 이것은 당연한 사람의 본성이기 때문입니다.

그런데 만약 당신이 중소기업이 아닌 대기업에 입사하고자 한다면 한 가지 사실을 알아야 하는데, '일은 팀이 하는 것이지 혼자 하는 것이 아니다'라는 점입니다. 개인의 성과가 크게 있어서 팀의 미션을 성공적으로 완성했더라도, 팀에서는 대부분의 경우 개인의 성과가 드러나지 않는 특징이 있습니다.

물론 어떤 업무에서 개인이 성과를 크게 내어 팀의 미션이 성공을 하는데, 막대한 영향을 주게 되는 경우도 있지만, 이때에도 본인의 성과를 어필하기보다는 침묵하는 것이 제일 좋다고 할 수 있습니다. 이는 철저하게 조직 단위로 움직이는 대기업의 특성상 개인의 성과이기보다는 팀의 성과이기 때문입니다.

여기에서 자신의 공을 몰라준다는 서운한 마음이 들거나 '이건 내가 한 일이야'라며 개인의 공이라는 생각을 가지는 순간, 스스로가 조직에 불만이 야기되기 때문에 이런 생각 자체를 버려야 합니다. 버리지 않으면 회사생활도 힘들어지고 소위 왕따나 은따가 되기 쉽기 때문입니다.

불만이 있더라도 동료와의 술자리에서 "내가 아니었으면 이번 프로젝트 성공 못했을 것"이라는 식의 이야기는 주의해야 합니다. 자신의 공을 팀원들에게 돌리고 "팀장님이 잘 리드해 주신 결과"라고 말하는 것이 올바른 처세입니다. 그런데 조직생활에서 이렇게 말하기가 쉬워 보여도 실제로는 매우 어렵기 때문에 의식적으로 연습하는 습관이 필요할 정도입니다.

대기업 대부분은 1년에 한 번 연말 인사평가를 하게 되는데, 이때에 자신의 공적을 공식적으로 어필할 기회가 주어집니다. 팀원 누구나가 인정할 만한 성과라면 팀장도 좋은 고과로 보답을 하니, 연말에 자기평가 업적을 작성할 때까지 반드시 인내하기를 바랍니다.

재미있는 이야기를 하자면, 필자가 입사 직후 근무시간에 몰래 주식을 하고 있었는데, 어느 날 팀장이 술자리에서 가급적이면 업무시간에 주식 거래를 하지 말라고 필자에게 말했습니다. 그 순간 '개인 자리마다 파티션이 있고 팀장과의 거리도 먼데 어떻게 알았을까?'라는 의문을 가졌는데, 필자가 20년 이상 근무를 해보니 직원들 뒷모습만 봐도 일을 하고 있는지, 인터넷 쇼핑이나 주식을 하는지 파악이 가능하게 되었습니다.

이 이야기를 하는 이유는 직책자는 팀원 중에서 누가 일을 잘 하고 있는지 모두 알고 있다는 점입니다. 당신의 뒷모습이 당신이 일을 하고 있는지, 엉뚱한 일을 하고 있는지 말을 하고 있다는 사실을 잊지 말기 바랍니다.

스스로 업무적 성과를 자랑을 하게 되어 본인의 이름을 세우게 되면, 세운 자리 둘레에 남는 것은 부정적 말들만 고이게 됩니다. 팀원들도 당신이 일을 잘하는지 못하는지 알고 있기 때문입니다. 그러니 항상 겸손한 사람이 대우받는 다는 것을 명시하기 바랍니다.

기억해두면 좋아요!
대기업에서의 업무적 성과는 개인의 공이 크더라도 팀워크에 의한 성과창출로 돌리고, 연말 인사평가에서 우수한 고가를 받는 것이 좋음

미치겠다! 이 죽일 놈의 주간보고

매주마다 반복되는 주간보고

주간보고서는 정말 싫어!

어느 대기업이나 거의 동일하게 '주
간보고'를 매주 요일을 정해서 작성하게 됩
니다. 심한 곳은 데일리로 일일보고도 하
지만 대부분은 주간보고를 하고, 일일보고
는 특별한 이슈가 발생했을 때 하는 것이 일반적이라 할 수 있
습니다.

주간보고는 팀에서 업무 분장을 통해 주간보고서를 작성
하는 팀원이 지정되는데, 주간보고 팀원은 매주 작성일 때마다
스트레스를 받게 됩니다. 주간보고가 힘든 이유는 특별한 사안
이 없이 매주 동일하게 흘러가는 업무에서 뭔가를 작성해야 한
다는 점이 작성자를 힘들게 합니다.

주간보고 Process는 1차적으로 담당 팀원이 작성을 마친 초안을 팀장의 검토를 거쳐 상위 부서로 전송하게 되고, 본사의 주간보고 작성자는(경영지원, 경영기획 관련 부서에서 담당) 전국에서 순서를 타고 올라온 주간보고의 핵심 사안만을 정리하여, CEO 보고까지 진행을 하게 됩니다. 그 후 각 계열사 CEO는 그룹 회장에게 보고하는 Process로 진행됩니다.

● 예시 :
업무 보고 Process
POST→센터→지사→본사 사업부서→본사 경영부서→CEO→그룹 회장

현실적으로 지역 말단 센터에서 작성한 주간보고가 본사 CEO 주간보고서까지 도달하는 경우는 특별한 사안이 아니면 거의 없습니다. 그런데도 제일 스트레스 받는 곳이 말단에서 열심히 주간보고서를 작성하는 조직이라 할 수 있습니다.

주간보고서 작성 형식은 정량적, 정성적 기준으로 나뉘어 작성됩니다. 정량적 공간에는 숫자로 현재까지 이룬 누적 경영 수치와 전주 대비 실적(향상률), 금주 달성 수치를 작성하게 됩니다. 그리고 정성적 작성은 구성원의 근태 상황(누가 휴가를 가고 육아휴직 등)이나 이벤트성 업무 즉, 자체 체육대회 진행, 교육 훈련

참석, 경쟁 업체의 동향 등과 같은 일들을 작성하게 됩니다. 그런데 매주 이런 이벤트성 업무가 없기에, 때로는 주간보고서 한 줄 작성을 위해 일부러 일을 만들기도 합니다. 이런 이유들로 주간보고서 작성 담당자는 주간보고만 없으면 좋겠다고 합니다.

하지만 주간보고는 대기업을 유지하게 하는 혈관 같은 역할을 합니다. 마치 칭기즈칸의 군 병력 편제인 십부장, 백부장, 천부장 제도처럼 신속하게 조직의 전체를 평가할 수 있는 장점이 있습니다. 그래서 주간보고 담당자는 힘은 들지만 회사의 돌아가는 사항에 대하여 신속하게 파악이 가능하고(작성 중 타 부서 사람 또는 본사 주간보고 담당자와 소통하는 경우가 많음), 어느 정도 직책자에게 업무적 인정을 받았기에 나름의 자부심도 생성되는 장점이 있습니다.

그리고 무엇보다 주간보고서 작성을 지속적으로 하게 되면 문서 작성 역량이 크게 향상이 되고, 상사에게 보고를 할 때에도 일목요연하게 보고를 할 수 있는 능력이 자신도 모르는 사이에 형성됩니다. 힘든 만큼 본인에게 다양한 플러스 효과가 발생한다고 볼 수 있습니다.

기억해두면 좋아요!
매주 하게 되는 주간보고 담당자로 업무를 받으면 상당한 업무적 스트레스가 있으나 회사가 돌아가는 상황에 대한 신속한 인지와 업무에 대한 역량이 레벨업 됨

권위에 충성을 다하겠습니다
직책자의 권위에 도전은 자살행위

대기업에서 외부 업체와의 미팅은 부서마다 다르겠지만, 대부분의 미팅들이 일상다반사라고 할 정도로 빈번하게 진행되는 것이 보통입니다.

미팅이 빈번한 이유는 중소기업에서 대기업과 상생하는 비즈니스 모델을 만들고자 열심히 노력한다는 점과(사업제안서 엄청나게 수신) 대기업이 업무를 진행할 때 그룹사나 중소기업에 하청을 주는 사업 구조이기 때문입니다.

어느 날 팀장이 신규사업 미팅을 외부 업체와 진행을 하고 있었습니다. 협력업체와 미팅을 진행하는데 회의 말미에 'L/

H/C라는 용어(대기업에서 사용하는 약어가 상당히 많음)에 대하여 팀장이 설명을 합니다. 현장에서 L/H/C를 잘하라고 당부의 말을 했는데 협력업체(비즈니스 파트너사라는 의미로 흔히들 BP사라고도 함) 직원이 "L/H/C가 뭔가요?"라는 질문을 했습니다.

　　그런데 팀장은 본래 뜻인 'Lead, Help, Check'의 의미인데 C의 의미를 Check가 아닌 Control로 잘못 설명하는 일이 발생했습니다. 이때 팀원 중 한 명이 공개적으로 "팀장님 C는 Control이 아니고 Check입니다"라고 말을 합니다. 어떻게 보면 팀원이 팀장의 잘못을 바로잡아주었다고 할 수 있겠지만, 필자가 그 자리에서 들었던 생각은 '참 눈치도 없다'였습니다. 더구나 협력업체도 있는 상황에서 팀장의 실수에 대해 다이렉트로 이야기한 것이 부적절해 보였습니다.

　　아니나 다를까, 협력업체와 미팅이 끝나면 다시 팀원이 모여서 미팅에 대하여 평가하는 회의를 하는데, 팀장이 "좀 전에 가르쳐줘서 고마워"라고 하기에 그냥 별일 없이 넘어가는 줄 알았습니다.

　　팀장의 이런 반응은 개인이 말하는 방식의 차이라고 판단을 해야 하고, 공통적으로 느끼는 팀장으로서의 감정을 바로 보아야 합니다. 협력업체 앞에서 좀 전에 팀원은 결과적으로 팀장의 권위에 스크래치를 내었다고 할 수 있습니다. 만약 그 순간에 팀원이 말이 아닌 문자로 "팀장님 C는 Check입니다"라고 전송을 하였다면 어떠했을까요?

조직생활을 하다 보면 순간적인 대처가 요구되는 순간이 많이 발생하는데, 상황에 대한 정답이라는 확신이 아닐 경우는 그냥 가만히 있으면 더 좋을 수 있습니다.

필자가 길을 가다가 우연하게 본 기타학원의 문구입니다. "자신 없으면 치지 말라 삑 소리만 키운다"라는 문구인데 인생을 살다 보면 꼭 필요한 문구인 것 같습니다.

그날 팀장과 친한 팀원 4명이서 술을 마시는데 팀장이 "세상에 무서운 것들이 많은데, 그중에 하나가 눈치 없는 인간들이야"라고 한마디 하던 기억이 아직도 필자에게 남아 있습니다. 그렇게 그 팀원은 눈치 없는 팀원이 되었습니다.

말은 인간이 소통하기 위한 가장 훌륭한 수단인데, 말을 할 때에는 항상 적절성 여부를 판단하고 말을 하여야 합니다. 뇌에서 생각나는 대로 이야기하는 구성원을 보면 너무 안타깝고 실수도 많이 하는 것을 보게 됩니다. 내 말에 독약이 있는지 면밀히 살피는 습관이 직장생활에서는 반드시 필요합니다.

기억해두면 좋아요!
직책자의 권위에 도전하는 일만큼은 절대적으로 피해야 하고, 대부분 기업의 조직문화도 기업이 발령낸 직책자의 권위를 보호하는데 집중함

통과될 때까지 야근이 필수
경영계획에서 가장 중요한 것은 목표 숫자

가끔 드라마를 보면 일하는 남편이 야근을 할 때 아내가 속옷을 챙겨 회사 로비에서 전해주는 장면들을 보게 됩니다.

52시간 근무 체제로 대기업에서도 야근을 하는 모습은 많이 사라졌는데, 꼭 야근을 해야만 하는 때가 바로 연간 경영계획서 작성 시기입니다. 앞에도 언급되었지만 경영계획이란 년 말에 내년도 전사 경영계획과 Align하게 경영목표를 정하고 일 년간의 계획을 세부적으로 작성하는 것입니다.

내용 구성은 올해 성과 Review를 통하여 올 한해 잘한 점과 부족했던 점을 평가하고, 내년도 전사 경영계획에 맞추어 부서별 목표를(정량적 지표) 정하고 Road map 형태로 세부 실행 계획을(정량적, 정성적 병행) 세우는 것을 말합니다. 시기는 11월 말부터 시작해서 12월 중순 이전으로 끝을 내는 것이 일반적입니다.

경영계획서 작성 시기가 오면 위에서 언제까지 마무리하라고 일정에 대한 가이드가 내려옵니다. 특히 경영계획은 통과될 때까지 진행을 하는 것이 특징이고, 신속하게 마무리되면 연말을 편안하게 보낼 수 있기에 모두가 한마음으로 임하는 것이 일반적 분위기입니다.

그럼 경영계획에서 가장 중요한 사안은 무엇일까요? 바로 목표 금액입니다. 예를 들어 올해 팀에서 200억 매출에 경상이익 20억을 달성했다면, 내년에는 한 단계 올라간 200억 이상의 목표를 내려주는 것이 절대적이라 할 수 있습니다. 팀장과 팀원의 입장에서 올 한 해도 힘들게 달성했는데 내년에는 한 단계 더 노력을 하라고 하니 미칠 지경이지만, 절대로 목표가 하향되는 법은 없습니다. 내년에는 올해보다 제반경비나 인건비가 상승되기에 어쩌면 당연하다 할 수 있습니다.

위에서 내려오는 전사의 목표에 이렇다 저렇다 불평해본들 내려진 목표는 조금의 흔들림도 없으니, 그냥 수긍하고 신속하게 마무리하는 것이 제일 속 편하다 할 수 있습니다. 그리고 경영계획서 작성 시기에는 모두가 예민하니 각별히 주의하는 것이 좋습니다.

회사는 돈을 버는 영리기업이고 매년 성장하는 것이 구성원에게나 주주에게나 모두에게 좋은 일이라 생각하면 편합니다. 그리고 CEO도 그룹에서 목표를 받아온다는 사실을 이해하기 바랍니다.

기억해두면 좋아요!

경영계획서 작성 시기에는 야근이 필수이며, 경영계획에서 가장 중요한 목표는 매출목표이고 결정권자의 관심도 매출목표에 집중되는 분위기임

반짝이는 제안으로 포상을 받아볼까?
대기업 사내 제안 제도 이야기

 업무혁신을 위한 사내 제안은 대기업이나 중소기업 모두 운영이 된다고 할 수 있고, 많은 관심을 가지게 되는 분야입니다. 업무혁신을 통하여 OPEX(Operating Expenditure : '업무지출' 또는 '운영비용'이라고도 하며, 갖춰진 설비를 운영하는데 드는 제반비용)를 추구하기도 하고, 때로는 New Biz 아이템을 개발하여 신규사업 기회를 확보하기도 합니다.

대기업과 중소기업이 사내 제안 제도를 운용하는 목적은 위와 같이 동일하나, 대기업의 사내 제안문화는 좀 더 체계적이고 심사에 대한 공정성과 전문성 그리고 우수 제안자에 대한 포상의 스케일이 크다는 점일 것입니다. 포상과 심사에 대한 기준

들이 모두 사전에 공지되어 있기에, 제안 제도의 신뢰도와 투명성 역시 제고된다고 할 수 있습니다.

대기업의 사내 제안 제도는 대부분 심사의 객관성 및 공정성 확보 차원에서 다수의 인원이 심사를 주관합니다. 이때 우수 제안 건으로 채택이 된다면 공지된 포상을 받을 수 있겠지만, 그보다 더 중요한 것은 우수 제안자로 선정되면 사내에 입소문이 나게 됩니다. 즉, 이번에 우수 제안 건으로 채택된 건은 "○○○인데 ○○○지사에 ○○○이 제안을 했다"고 우수 제안자에 대한 소문이 전사적으로 나게 되는 것이 일반적입니다.

그 소문은 여러 사람의 기억 속에 작은 점으로 남게 되는 것이고, 후일에 어떠한 기회로 작용할지는 아무도 모르지만, 분명한 사실은 좋은 기회로 작용할 기회의 단초가 될 수도 있습니다. 본사에서 진행하는 TF에 추천될 수도 있고, 우수 인재를 선발할 때 기회가 찾아오기도 할 것입니다. 또한 제안한 아이디어로 성공적인 기대효과 발생 시, 어떤 회사는 제안으로 생성된 금액의 일정 부분을 특별 인센티브로 지급하기도 합니다.

그렇다면 어떤 것들이 우수 제안으로 채택이 되는지 알아보겠습니다. 필자의 경우 입사 2년 차에 새로이 부임한 CEO에 의해 사내 제안 제도가 공식화되었습니다. 전사적으로 사내 제안에 대한 붐업으로 1인 1제안을 독려하는 분위기였습니다. 필자가 그때 가장 먼저 분석한 일은 다음과 같습니다.

가. CEO가 가장 관심 있어 하는 부분이 뭘까?

나. 전사적으로 경영상에 이슈가 되는 부분(고질적인 비즈 구조로 Risk가 지속적으로 발생하는 부분)이 뭘까?

다. 소위 가성비가 있을까?(해결안은 좋은데 비용적 이슈와 실행이 무겁다면 X)

이렇게 몇 가지 사례들을 정리하여 그중에서 해결이 가능한 부분에 대하여 제안을 하였습니다. 그 당시 필자는 선배들에게 이번 첫 심사에서 내가 제안한 아이디어가 반드시 통과할 것이라고 호언장담하였습니다. 왜냐면 CEO가 관심이 있는 분야이고, 전사적으로 Risk가 발생하는 부분에 대한 해결안을 제시하였기 때문입니다. 이 두 가지 조건을 충족하고 가성비 측면에서도 기존 Process 변경만으로도 상당한 기대효과가 기대되는 제안이었기 때문에 자신감이 있었습니다.

며칠 후, 첫 심사의 결과가 나오고 1,000건이 넘는 제안 중에서 8건이 채택이 되었는데, 그중에 필자의 제안 건도 포함되어 있었습니다. 필자가 예상한 부분이 적중했고, 포상으로 인센티브와 해외에 있는 거점들도 BM하는 기회를 얻었습니다.

이렇듯 회사가 관심 가지고 있는 부분을 공략하는 것이 사내 제안에서는 좋은 결과로 연결될 실제적 확률이 높습니다. 또한 신규사업 제안 시에도 회사가 보유한 핵심 R&C(Resource &

Capability : 회사가 보유한 유무형의 자산과 구성원 역량)와 Align한 방향으로 제안을 하는 것이 중요합니다. 예를 들어 반도체 회로를 설계하는 회사인데, 갑자기 배달앱이 잘된다고 배달앱을 신규사업으로 추진하고자 한다면 채택이 어려울 수 있다는 것입니다.

정리하자면 '업무혁신'은 가장인 아버지가 고민하고 있는 부분이 무엇인지 파악하여, 필요한 부분을 말하는 기분으로 제안하는 것이고, '신규사업 제안'은 기존에 하고 있는 생선가게를 하는 아버지에게 팔다 남은 생선으로 어묵을 만들어 팔자는 말을 하는 것입니다.

사내 제안은 분명한 기회로 작용되니 많이 활용해야 합니다. 연말 인사평가 시 업무적으로 크게 차별화가 안되는 부서에서 다른 사람과 동일하고, 업무의 기대효과도 표시가 잘 나지 않는다면, "저는 사내 제안을 많이 해서 회사에 기여한 부분이 이러이러 합니다"라고 한다면 좋은 평가로 이어질 수 있습니다. 필자는 사내 제안을 우수하게 하여 회사 내에서 인정받는 구성원들을 많이 보았습니다.

다시 한번 정리를 하면, 신규사업 제안의 경우는 '상품', '아이템', '서비스' 제안이 아닌 '현실성', '수익성', '혁신성'을 포함한 세부적 실행 사항이 포함된 구체적 Biz Model을 제시하는 것이 어느 기업에서나 좋은 효과를 기대할 수 있다는 것입니다.

막연하게 무엇을 하자보다는 상기의 핵심 포인트를 포함

하여, 대상이 되는 고객에게 어떠한 가치를 제공 가능한지 명확하게 정의하며, 어떠한 방법으로 수익모델이 생산되어 당사의 성장을 가져올 수 있는지 등에 대한 체계적 목표 정립을 하는 것이 올바른 제안입니다. 또한 기존 업무에 대한 개선을 제안할 경우는 기존의 Process 및 제도 개선을 통하여 비용절감 또는 수익 증대에 대한 부분을, 기간을 나눈 미래 시점 즉, 현재 개선을 통한 비용이 어느 정도 투입된다면 분기별로 정성적 효과보다는 정량적 수치로 명시하여 제안하는 것이 훨씬 효과적인 제안이라 할 수 있습니다.

그리고 아이디어 제안 시 필수 포함 요소를 5가지로 정리해 보면 다음과 같은데, 이 요소는 어느 기업에서 제안을 하던, 기억해야 할 필수 요소입니다.

1 타깃 고객을 명확하게 정의하여 어떠한 고객층을 대상으로 하는 Biz Model인지 명확화한다.

2 고객에게 제공할 수 있는 Value가 무엇인지 정리한다.

3 제안 모델을 통하여 어떻게 돈을 벌 것인지 수익모델을 구체화한다.

4 사업 수행에 필요한 환경 분석을 하나의 시선이 아닌 다양한 각도에서 접근해 팩트에 대한 현상을 위주로 파악한다.

5 소속사가 제안 아이디어를 수행해야 할 당위성을 제시한다.

다음은 피해야 할 제안에 대해서도 정리를 하면, 회사의 경영 방향과 불일치하는 아이디어와 관계사에서 기 수행 중인 제안입니다. 하지만 기 수행 중인 사업에 Cross Marketing이나 Sales Synergy 창출이 가능하다면, 좋은 제안으로 채택될 가능성도 있습니다. 그리고 구성원 복지를 위한 제안이나 사회 공헌을 위한 공익사업 제안은 영리를 추구하는 기업에서는 피해야 할 제안이고, 단순한 상품, 브랜드, 서비스 제안, 수익모델이 결여된 정보성 제안, 구체성과 실행성이 없는 기업 M&A 및 지분 투자 제안은 피하는 것이 좋습니다.

　　하지만 이런 사내 제안이 부서별로 경쟁이 붙고 회사에서 1인 1제안을 하라고 한다면, 본인의 실적을 챙겨야 하기에 어떤 제안이든 하는 것이 좋습니다. 전사적으로 드라이브 걸리면 남들만큼 하는 것이 기본이니 무조건 참여하는 것이 좋습니다. 연말에 인사평가 동점자가 나오면 평가자 입장에서 평가의 공정성을 더해야 하므로 제안 실적으로 구분하는 경우가 있기 때문입니다.

기억해두면 좋아요!
회사의 사내 제안 제도에서 가장 중요한 것은, 회사가 가지고 있는 고질적인 문제에 대한 솔루션 제시와 CEO가 가장 관심 있어 하는 부분에 대한 제안을 하는 것이 우수제안이 될 수 있음

워크숍, 생각보다 재미가 솔솔

대기업 워크숍 이야기

workshop
1. 교육   2. Test
3. Fun   4. 인맥

대기업은 인원도 많고 자본도 많이 있습니다. 그래서 중소기업은 거의 하지 않는 직원들의 업무역량을 향상하기 위한 다양한 교육 워크숍을 정기적으로 합니다. 이런 교육 워크숍의 기회는 개인적으로도 상당히 좋은 기회로 작용되고, 본인이 어떤 성향의 사람인지도 Self 진단을 통하여 파악할 수 있습니다.

교육 훈련을 다른 대기업의 정보와 같이 참고해 보면, 대기업 직원이라면 최소 일 년에 전반기 1회, 후반기 1회를 평균적으로 진행합니다.

프로그램은 보통 2박 3일이 주를 이루는데, 전국의 연수

원(or 자사 인력개발원)이나 넓은 회의실을 임대하여 진행을 하고, 석식 이후에는 전국에 모인 직원들이 서로 어울릴 수 있도록 다양한 오락 프로그램을 제공합니다. 이런 기회에 메일이나 전화로 업무 연락을 주고받던 구성원끼리 다양한 소통의 기회를 접할 수 있습니다.

여기에 등장하는 단골 프로그램을 살펴보면 유명한 강사 초빙 강연, 본인의 성향 Self 진단프로그램, 조별 대항 미션들은 거의 필수로 들어간다고 보면 됩니다. 이런 프로그램은 대기업만 전문적으로 상대하는 업체에서 진행을 하는데 참석한 대부분의 사람들은 재미있어하고 또한 어떤 기업은 직원들에게 교육 출장비까지 지급을 하기에 대기업 구성원들이 선호합니다.

마지막 시간에는 회사 CEO나 임원이 참석하여 회사의 경영 Vision을 설명하기도 하고, 경영실적이 우수할 때는 특별 보너스를 발표하는 경우도 있습니다. 결론적으로 워크숍은 재미가 있고, 회사 내의 다른 부서원들과 친해질 수 있으며, 자기 계발과 본인의 성향 분석도 할 수 있는 힐링의 시간으로 아주 유익하다고 할 수 있습니다.

주의할 점은 석식 술자리나 숙소에서 늦은 시간까지 음주를 즐기다 술이 과하여 돌발행동을 하는 경우입니다. 전사에 다양한 부서 사람들이 모인 자리이니만큼 음주로 인한 불미스러운 사건이 발생되지 않도록 스스로가 주의해야 합니다. 이런 전사 워크숍에서 음주 사고를 내면 극복하기가 상당히 힘들고, 진급과 부서 이동에도 상당한 제약이 따른다는 점을 명심하기 바랍니다.

또한 워크숍에서는 일면식이 없더라도 같은 회사라는 테두리가 있으니, 본사 소속의 구성원이나 타 지역 부서장들에게 간단한 자기소개와 함께 인사만 잘하더라도 본인에게 상당한 도움이 됩니다.

경험적으로 석식 이후 음주할 때보다는 워크숍 강의 휴게 시간이나 중식 시간 등을 활용하여 인사를 하고, 휴게 시간에 인사한 분들에게 석식 이후 술자리에서 다시 한번 인사하는 것이(너무 취하지 않은 상태에서) 좋습니다.

얼굴을 한 번 익혀 놓으면 회사생활 동안 어디에서든 다시 만나게 되고, 만났을 때 인사한 사람이라면 더욱 친근하게 느끼게 되니 반드시 사내 인적 네트워크 형성에 노력하라고 이야기하고 싶습니다.

기억해두면 좋아요!
대부분의 대기업이 직원의 역량 향상을 위한 다양한 종류의 워크숍을 진행하고 있으며, 워크숍 참석 시에는 음주에 대한 실수가 없도록 각별히 주의해야 함

줄을 잘, 똑바로 서시오!

대기업 라인 이야기

흔히들 '줄타기'라고도 하고 '라인'
이라고도 하는데, 대기업에서는 라인이
없을 수 없는 구조입니다. 그러한 '라인'이
라는 것은 특정 상사와 술자리를 자주 가
지거나 회의 시 특정인의 발언에 지원 사격을 많이 하다 보면 암
묵적으로 라인이 형성이 됩니다.

또 자신과 친한 상사는 그 위에 상사와 연결되고 또 연결
되면서, 임원급의 라인이 밑으로까지 형성이 되는 것이 일반적
이라 할 수 있습니다. 한마디로 친하게 지내는 상사의 윗선들과
내가 라인이 형성된다고 보면 됩니다.

그러나 회사를 다니면서 현실적으로 친하게 지내는 상사

가 없을 수는 없지만, 될 수 있으면 라인 타기를 하지 않기를 바랍니다. 라인이 형성되면 사내에서 자신의 능력보다는 라인에 따라 영향을 받기 때문입니다. 어떤 경우는 최고 윗선 라인이 회사를 나가게 되면, 아래 라인에까지 영향이 미치는 경우도 있기에 라인 형성이 좋을 수도 나쁠 수도 있습니다.

여기에서 말한 아래 라인은 회사에서 중간관리자급 이상으로 중간관리자급 이하는 그냥 맡은 업무를 제대로 수행하면 됩니다.

어느 날 ○○○ 부장이 다른 계열사에서 우리 계열사로 넘어왔습니다. 소문에 의하면 전에 있던 계열사에서 팀원과의 마찰로 우리 쪽으로 넘어온 경우인데, 우리 회사에서 2년 정도 더 다니는 조건으로 넘어와서 근무를 하고 있었습니다. 그러던 중 정기인사 때에 ○○○ 부장의 윗 라인이 부사장격으로 승진을 함과 동시에 ○○○ 부장도 상무(임원)로 승진하고 다시 원래 있던 계열사로 복귀를 하였습니다. 모두가 부러워했던 경우로 아직까지 기억에 남아 있습니다.

또 이런 경우도 있습니다. M&A 타당성 검토를 CEO에게 직접 지시받은 ○○○ 부장이 보고서를 작성하던 중, 자신의 윗 라인인 ○○○ 전무가 M&A에 반대 입장을 보이고 있었습니다. 또한 부정적 분위기를 조성하는 바람에 ○○○ 부장은 어쩔 수 없이 공정한 보고서가 아닌 부정적인 방향으로 검토 보고서를 올리게 됩니다. 바로 윗 라인을 매일 마주해야 하는 현실에서 어쩔 수 없이 부정적으로 보고했지만 얼마 후, 부정적인 입장을 취한 ○○○ 전무 라인 전체가 주요 경영에서 밀리자, 그다음 해 ○○○ 부장은 정기인사에서 기존에 하던 일과 다른 곳으로 배치되는 어려운 상황을 맞이하게 되었습니다.

이처럼 라인을 타서 잘 되는 경우도 있고 그 반대인 경우도 있고, 업무의 공정성을 상실하는 경우도 발생하게 됩니다. 따라서 대기업에서 임원으로(임원은 100명이 입사를 하면 그중에 한두 명이 진급) 승진하고자 한다면 절대 라인에 편승되지 말기를 바랍니다.

사실 라인이라는 것이 조선 중기 사림(士林)들이 붕당을 이루어 서로 정권을 잡으려고 다투던 당파싸움과 같은 것입니다. 제일 좋은 방법은 초등학교 교훈 같지만 특정한 사람, 특정한 무리와만 친하지 말고 모두와 친하게 지내는 것이 가장 Best입니다.

그런데 대기업에서 생활해 보면 모두와 친하게 잘 지내는 것이 정말 어렵습니다. 하지만 필자의 경험에 의하면 이것을 잘 하는 사람은 회사생활도 무리 없이 잘하고, 승진도 빠르고, 가장 먼저 임원 승진의 기회도 주어집니다. 그러니 자신의 업무적 Color를 드러내지 말고 Non Color로 지내는 것이 현명합니다. 부서장급 이상이 되면 자신의 업무적 Color를 표출해도 되지만, 밑에 있을 때는 상사의 경험을 믿고 잘 따라만 가면 됩니다.

결국은 부드러운 성향의 사람과 특정인이 아닌 어떠한 사람과도 잘 지내는 사람이 주변에 적도 없는 것입니다. 사회생활에서는 자신을 좋아하는 열 명의 사람보다, 한 명의 적을 만들지 않는 것이 결국 성공하는 것입니다.

기억해두면 좋아요!
사람이 모이는 곳 어디에나 라인이 형성되는데 대기업도 동일하며, 라인에 따라서 본인의 직장 내 성공이 정해지는 부작용도 있음

어느 날 갑자기 소문의 주인공이 되다
나에 대한 소문이 부정적으로 돌고 있다면

어느 날 본사에서 시행하는 전사 교육 워크숍에 참석을 하였는데 왠지 모르게 한 번도 마주한 적 없던 구성원이 자신을 경계하는 느낌이나 PASS 하는 느낌이 든다면 무엇이 잘못되었을까요?

우선은 본인이 사람들과의 처신에 어떠한 문제가 있는지 살펴보아야 합니다. 대기업에서의 생활은 소문이 엄청나게 스피드하며, 긍정적 이야기보다는 없는 사실이 가미된 소문들이 SNS나 사내 메신저를 타고 몸에 피처럼 흐릅니다.

여기서 가장 먼저 체크를 해볼 것은 자신이 전화받는 태도가 어떠한지 살펴봐야 합니다. 모르는 사람과 통화를 하게 되면 종료 후에 꼭 잔상이 남는 것이 일반적입니다. 그 잔상이 안 좋으면 통화 후에 "○○○ 직원의 전화 태도가 정말 불량하네", 소위 "4가지 없네" 등등의 이야기들이 가랑비에 옷 젖듯이 스며들어, 어느 순간 자신의 고착화된 이미지가 되어 버립니다.

반면 전화예절이 좋은 사람은 통화를 한 사람들 기억에 아주 친절한 사람으로 남아있게 됩니다. 당연한 이야기를 한다고 생각하겠지만, 업무 전화의 반 이상은 뭔가 문제가 있을 때 연결하여 상호 확인하고 고민하는 내용이 주를 이룹니다. 그때 사람이 지속적으로 통화 예절을 지킨다는 것은, 노력하지 않고서는 상당히 힘이 들기에 당연하지만 실천하기는 어렵습니다.

특히 본사 담당자와 통화할 때는 상당히 공을 들여 통화를 해야 합니다. 불친절하게 통화를 했다면 본사 담당자는 윗 선에 통화 관련 업무를 보고할 때 지역 담당자의 불친절함(문의를 했는데 잘 답변을 안 하고 예의가 없다고 은근히 보고)까지 함께 보고할 가능성이 많기 때문입니다. 마찬가지로 본사 담당자도 불친절하면 지역에서 전화받는 자체를 꺼려 하고, 어느 날 공식적으로 지역 직책자가 본사에 항의를 하는 일도 발생하므로 업무 통화는 서로가 각별히 주의해야 합니다.

어떻게 보면 전화는 SNS 보다 자신의 이미지를 아름답게 전달하는 매우 훌륭한 매체이니 각별히 신경 써야 합니다. 전화는 친절한 목소리만으로도 상대방에게 아름다운 상상의 이미지를 제공하는 특징이 있습니다.

　다음은 타 부서 사람과의 술자리에서 실수입니다. 술자리에서 한 번 실수하면 이것은 거의 치명적일 만큼 오래가고 퇴사 때까지 한 번씩 언급될 수 있습니다.

　필자가 선배와 함께 지방에 출장을 가서 업무 후, 지역 구성원들과 회식을 했었습니다. 좋은 분위기에서 다양한 업무 이야기를 하는데 업무에 대한 의견차가 생기자, 술자리에서 중간관리자급이 상스러운 욕설과 함께 막무가내로 술 주정을 하였습니다. 그냥 그 사람을 무시하고 술자리를 마무리하려 하였지만, 문제의 중간관리자가 술이 잔뜩 취한 상태에서 사라져서 모두가 그 사람을 찾는 일이 벌어졌고, 골목에 주차된 승합차 밑에서 자고 있던 그를 발견해 억지로 집으로 귀가를 시켰습니다.

　그 후 상사에게 출장보고를 진행할 때, 동행한 선배는 그날의 일을 아주 상세하고 과장되게 양념을 뿌려 보고를 하였습니다. 결국 그 중간관리자는 퇴사 때까지 '술 취한 승합차'라는 별명이 붙어 있었고, 몇 년 후 팀장급 인사에서 진급자 리스트에 올랐지만, CEO가 직접 "이 친구 술 취한 승합차 아냐?" 하더니 볼펜으로 진급자 리스트에서 지워버렸습니다.

　이때 술 주정한 구성원은 업무적 평가로는 우수한 인재였지만, 본사 직원이 함께한 술자리에서 실수한 것이 CEO까지 알게 되어 승진의 기회마저 날려버리고, 퇴사 때까지 술자리를 함께 하기 부담스러운 존재로 인식된 것입니다.

CEO가 되면 큰 방향성만 결정하는 것 같이 보여도 의외로, 정말 하찮은 일까지도 참모들에게 보고받습니다. 단지 모른 척할 뿐입니다. 그러니 술자리에서는 누구와 함께 있든 깔끔한 음주 매너를 지키는 것이 어쩌면 일 잘하는 것보다 더 중요할 수 있습니다.

전화예절과 술자리 실수만 하지 않으면 직장생활에서 평타는 칠 수 있으니 꼭 주의하기 바랍니다.

기억해두면 좋아요!
전화예절이나 술자리에서의 실수는 전사가 바로 알게 되는 빌미를 제공하는 것이므로 실수는 절대 하지 않아야 하며, 특히 술자리에서 나쁜 음주습관으로 찍히면 진급에도 상당한 대미지를 받게 됨

본사에 근무하니 세상이 달라지네

본사 근무 기회를 잡아라

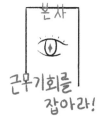

대기업에 입사를 했다면 한 번쯤은 본사에서 근무해 보기를 강력히 추천합니다. 그 이유는 처음부터 본사로 발령받은 구성원과 지방에 있다가 본사로 발령받은 직원 간 업무역량을 비교해 보면 차이가 제법 나기 때문입니다.

이는 업무를 바라보는 시각의 차이로, 본사 직원은 넓게 보고, 어떤 것이 CORE POINT인지 구분해 내는 능력이 본사 근무 중에 배양이 된다고 할 수 있습니다.

본사의 업무들은 프로젝트 개념이 강하여 본인이 맡은 R&R(Role & Responsibility : 역할과 책임)에 의해 철저한 자기 완결적 업

163

무를 합니다. 다양한 이해관계자들과의 미팅이 집중되고, 미팅이 진행될 때마다 본인이 회의록을(대기업은 미팅 후 거의 대부분 공식 문서로 근거를 남김) 작성합니다. 이때 어떤 방향성으로 추진하고 적용할지에 대한 Logic을 세우기에 종합적인 역량 확보에 유리한 곳이라 할 수 있습니다. 특히 본사는 업무 분장을 통하여 본인의 Main 업무가 부여되기에, 자기 완결적으로 하지 않으면 좋은 고과를 취득할 수가 없는 구조적인 문제도 업무적 역량을 향상하는 데 도움이 된다고 할 수 있습니다.

또한 본사 업무는 모든 소통을 문서로 진행하는 특징도 있습니다. 소위 '기획'이라 하는 일들을 무조건 하게 되는데, 기획의 기초가 되는 글쓰기와 상황적으로 어떤 방향으로 나아가야 할지에 대한 고민들을 해보며 문서를 만드는 일들을 거의 매일 하게 됩니다. 대기업에 입사해서 본사를 방문하게 되면 제일 먼저 키보드 소리가 정적을 깨고 들어옵니다.

그리고 본사에 근무를 하게 될 때 가장 큰 Benefit은 인적 교류의 확대입니다. 특히 CEO부터 다양한 부서의 임원, 팀장들과 친분을 쌓게 되는 부분은 정말 유효한 밑거름으로 작용되게 됩니다. 그리고 회사가 추진하는 경영의 To-Be Goal(현재가 아닌 미래 시점에서 경영의 목표)을 정확하게 바라보고, 이해 가능하게 된다는 점 역시 매우 매력적인 요소로 작용하게 됩니다. 또한 회사에서 진행되는 모든 민감한 이슈들을 접할 수 있기에 회사가 돌아가는 상황도 스피드하게 알 수가 있습니다.

　　이런 이유로 지방 근무자들은 본사에 친분 있는 직원에게 수시로 연락을 해, 회사의 돌아가는 방향과 이슈에 대한 정보를 습득하고자 많은 노력을 합니다. 예를 들어 기다리면 지급되는 인센티브가 어느 볼륨인지, 지급 시기가 언제인지. 정기인사이동 시기에 누가 직책자가 되고 해임되는지 등의 정보들을 알고 싶어 합니다.

　　따라서 필자는 지방에 계신 분들은 본사 근무 기회가 주어지면 무조건 해보라고 이야기하고 싶습니다. 본사 근무는 많은 자부심과 보람을 느끼게 되고, 스스로도 많이 발전된 자기계발을 이룰 수가 있다고 장담할 수 있습니다.

　　본사 직원이 지방 지사에 출장을 가게 되면 본사에서 왔다고 부서장이 직접 챙겨서 대접받는 것도 또 하나의 자부심일 것입니다.

기억해두면 좋아요!

특별한 전문직이 아닌 일반 직군의 경우 본사 근무 기회가 가끔씩 주어지는데, 무조건 본사 근무를 해보는 것이 개인의 경력에 상당한 도움이 되며, 다양한 인적 네트워크 형성이 가능함

갑질하다가는 갑질당한다
협력사에게 예의는 선택이 아닌 필수

대기업에서 업무를 하다 보면 협력업체와 많은 관계를 유지하며 지내게 됩니다. 이럴 때 본인도 모르게 '갑'의식이 발동되어 협력업제를 내하는 태도가 고압적인 성향으로 변모하게 되는 경우가 있습니다.

어느 날 부서장 두 분이 동일한 날짜에 명퇴를 하게 되었습니다. 시간이 지나고 그들의 소식을 접하게 되었는데, 한 분은 협력사에 재취업하여 이사의 직함으로 여전히 활발하게 사회활동을 하고 계시고, 한 분은 집에서 소일거리나 하며 지낸다는 소식이었습니다.

협력사에 이사로 이직하신 분은 현직에 있을 때 협력사에게 매너 있는 모습으로 업계에서 정평이 나있던 분이었습니다. 물론 재취업을 하기 위한 의도적 계획으로 매너 있게 잘해준 것은 아니었고, 성향 자체가 인격적인 분이었습니다. 그리고 다른 분은 협력사에게 고압적인 태도를 보였던 분이었습니다. 이 분은 협력사가 원자재 가격이 인상되어 납품단가를 조금 인상하자고 하면 그 요구도 단칼에 묵살하고, 협력사가 찾아오면 일부러 군기 잡는다며 로비에서 기다리게 하던 경우도 많았습니다.

사람이 살아가는 모습은 어디나 동일합니다. 사람은 누구나 상대의 진심이 무엇인지 느낄 수 있습니다. 더구나 대기업과 Co-working하며 매출을 일으키는 분들을 보면, 사회적 경험으로 사람 파악을 정말 잘하시는 분들이 대부분입니다. 이분들은 사람을 찾아가서 영업하는 업무에 전문가이므로 사람 보는 눈이 더욱 단련되었고, 역량 측면에서도 우수한 분들이 많이 있습니다. 그러므로 대기업과 Biz 협력을 하는 정도의 분들이라면 상당한 전문가 레벨이라고 보면 되는데, 이런 분들에게 갑질하는 행위는 본인에게 무조건 마이너스라는 의식을 가져야 합니다.

대기업 이사급 정도의 위치로 협력사의 매출을 좌우할 수 있는 자리에 있더라도, 회사가 정한 합리적인 기준에서 매너 있는 모습으로 협력업체를 대하여, 퇴직 후에도 영입 제안을 받게 되는 분들을 필자는 많이 목격했습니다.

이런 분들의 장점은 퇴직 후, 사내에서도 진심으로 존경

하고 적극적으로 도와주는 구성원들이 많이 있고, 다양한 정보와 인맥, 사업의 핵심이 무엇인지 꿰뚫어보는 능력도 있습니다. 그래서 이런 분들을 영입한다는 것은 협력사 입장에서도 큰 도움이 되는 것입니다.

따라서 협력사와 업무를 진행하다 자신도 모르는 사이 고압적인 태도로 변하는 모습을 경계해야 합니다. 중간관리자급인 과장급에서 이런 경향이 많이 나타나는데, 과장급이면 회사생활도 반이 지난 시기라는 점을 알아야 합니다. 평생 대기업 간판을 달고 있는 것이 아니기에 같이 일하는 파트너사와 관계를 잘하는 것은 정말 중요합니다.

파트너사 대표급이면 본인 회사의 대표나 이사급과도 친분 관계가 유지되고 있는 자리라 생각해야 합니다. 필자의 경우 파트너사와 식사라도 하게 되면 회사 법인카드로 결제를 합니다. 회사 업무인데 굳이 인색하게 할 필요가 전혀 없습니다.

참고로 같은 그룹 계열사 간에도 사업을 함께 진행하는 경우가 많은데, 이 경우에도 힘 있는 계열사(발주사)는 갑이 됩니다. 오히려 같은 계열사 '갑'이 더 곤혹스러운 경우가 많다고 할 수 있습니다.

기억해두면 좋아요!
비즈니스 파트너사와의 좋은 관계 유지는 퇴직 후에도 관계를 이어주는 끈이 되므로 갑질 하지 않도록 주의하는 노력이 요구됨

액셀을 배울까, 파워포인트를 배울까?
오피스 활용 능력은 직장인의 무기

office 능력자

기업체에서 인력을 채용할 때 기본적으로 요구하는 능력 중에 하나가 오피스 활용 능력입니다. 이 중에서 보고서나 기획(주간보고 포함)은 대부분 '파워포인트(PPT)' 활용 능력을 중요시하고, 회계 숫자를 주로 다루는 부서에서는 '엑셀' 활용 능력을 가장 중요하게 여깁니다.

특히 '엑셀'이란 프로그램은 돈과 실적을 다루는 부서에서는 회사생활의 반이라고 해도 과언이 아닐 정도로 매우 많이 사용하는데, 엑셀은 많이 알면 알수록 업무도 편하고 신속하게 일을 끝낼 수 있게 됩니다.

먼저 엑셀을 전문적으로 사용하지 않는 부서원들도 기본

적으로 다루어야 하고, 꼭 알아야 하는 기본 함수 몇 가지를 이 야기 하겠습니다.

가장 기본적인 'SUM' 함수는 가장 많이 쓰이기도 하는데, 조금 더 레벨이 있는 데이터에서는 목록별 합계가 필요할 경우가 많습니다. 이런 경우 많이 사용하는 함수가 'SUMIF'와 'DSUM'입니다. 특히 SUMIF는 부서명 별로 합계를 구할 때 요긴하게 사용되며, 단 한 번의 수식으로 끝낼 수 있는 함수입니다.

'DSUM'은 데이터베이스 내에서 셀이나 수, 텍스트 조건에 맞는 값을 찾아 합계를 계산해 주는 함수입니다. 일을 하다 보면 다양한 종류의 원자재나 제품의 모델명이 혼재되어 있을 때 사용하면 간편하게 합계를 낼 수 있게 도와줍니다. 그리고 'COUNT', 'VLOOKUP', 'HLOOKUP', 'IFERROR' 그리고 피벗 테이블 정도는 완벽하게 알아야 기본적인 업무 추진이 가능합니다.

회계팀의 자금 관리 및 경영의 손익 분석, 사업부별 매출을 분석하는 담당자, HR 부서 급여 담당자 등은 전문 수준을 요구하므로 기초적인 매크로 정도는 알아야 실무 적용이 가능합니다. 그러니 반드시 입사 전에 기본적인 함수 활용 능력을 배워가야 실무에서 인정받을 수 있습니다.

다음으로 기획부서에서 가장 많이 다루는 오피스 프로그램은 '파워포인트', 줄여서 'PPT'라고 합니다. 일반 부서에서는 거의 모든 보고서를 PPT로 진행합니다. PPT는 고정된 포맷을 회사나 부서에서 정해 놓는 경우가 많기에 기본적으로 슬라이드 마스트 구성하고, 도형 그리고, TEXT 넣는 것과 차트 삽입, 스마트 아트, 애니메이션 구성하기 등의 기본적인 것들만 알아도 무방합니다. 물론 전문 기획부서로 발령이 나면 템플릿도 만들고, 새로운 창작의 고민으로 PPT에 대한 고민을(가독성 및 비주얼 측면) 많이 해야 하지만, 모두가 기획 관련 부서로 배치받는 것은 아니기에 PPT는 기본만 알면 원활하게 적응 가능하다고 봅니다.

그 외 일반적으로 한글이나 워드는 크게 사용을 안 하지만 한글은 공기업이나 정부기관과 업무를 진행할 때 반드시 필요합니다. 기본적인 사용법, 특히 도형이나 표 삽입에 따른 레이아웃 구성을 잘 한다면 업무에 큰 이슈는 없을 것입니다.

대기업은 이외에도 다양한 자체 개발 프로그램을 많이 사용하고 있고, 보안과 관련된 다양한 프로그램을 지급되는 PC에 설치하여야 합니다. 보통 IT 부서가 지원을 하지만 설치와 조치 정도에 대한 이해도가 필요합니다.

기억해두면 좋아요!
다양한 오피스 능력이 요구되나 '엑셀' 능력만큼은 반드시 키워서 입사를 하는 것이 업무를 편하게 할 수 있음. 기획의 기본이 되는 'PPT'는 기본만 알고 입사해도 무방함

이제는 우리가 동급입니다
오해를 일으키는 대기업 직위체계

예전에는 회사에 들어가면 통상적으로 직위체계가 사원, 주임, 대리, 과장, 차장, 부장, 임원(상무, 전무, 부사장, 사장)으로 구성되어 있었습니다. 그런데 요즘 대기업에서는 직위체계를 통합직위로 변경하여 사용을 하는 경우가 흔한 일이 되었습니다. 담당, 매니저를 사용하는 회사도 있고, 이름 뒤에 "님" 자를 붙이는 회사도 있습니다.

필자가 경험해 본 바로는 기존 직급체계보다 통합된 직급체계가 좀 더 부드러운 수평적인 조직문화를 형성하고, 무엇보다 자기 완결적 업무 분위기에는 장점이 있었습니다. 하지만

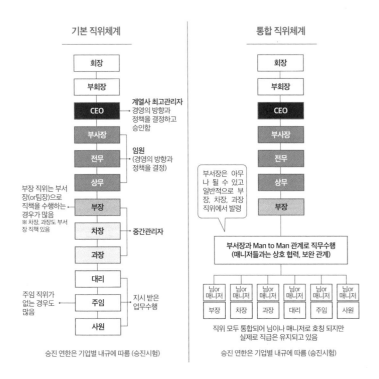

	기본 직위체계	통합 직위체계

기본 직위체계

회장

부회장

CEO — 계열사 최고관리자 경영의 방향과 정책을 결정하고 승인함

부사장

전무 — 임원 (경영의 방향과 정책을 결정)

상무

부장 직위는 부서장(or팀장)으로 직책을 수행하는 경우가 많음 ※ 차장, 과장도 부서장 직책 있음 → 부장

차장 — 중간관리자

과장

대리

주임 직위가 없는 경우도 많음 → 주임 — 지시 받은 업무수행

사원

승진 연한은 기업별 내규에 따름 (승진시험)

통합 직위체계

회장

부회장

CEO

부사장

전무

상무

부장

부서장은 아무나 될 수 있고 일반적으로 부장, 차장, 과장 직위에서 발령

부서장과 Man to Man 관계로 직무수행 (매니저들과는 상호 협력, 보완 관계)

님or 매니저	님or 매니저	님or 매니저	님or 매니저	님or 매니저	님or 매니저
부장	차장	과장	대리	주임	사원

직위 모두 통합되어 님이나 매니저로 호칭 되지만 실제로 직급은 유지되고 있음

승진 연한은 기업별 내규에 따름 (승진시험)

그 반면에 위아래 기준이 무너져 부서 내 이기주의를 부추기는 부정적 결과를 낳기도 했습니다. 직급이 통합되다 보니 부서장과 일대일 체계로 전환되어 본인의 업무만 챙기는 분위기로, 예전의 선후배 간의 끈끈한 유대관계가 사라졌습니다.

회사도 이런 부작용을 알지만 이윤을 추구하는 회사는 스피드한 성과를 추구하는 통합된 직급체계로 전환하는 것을 선호하고 있습니다. 표면적으로는 수평적 조직문화 구축이라는 근사한 명분이 존재하고, 뭔가 세련되어 보이는 대외 이미지 구축이지만, 실제로는 개인의 업무역량을 극대화하고 성과 위주로 전환하기에는 이것만큼 확실한 방법은 없기 때문입니다.

　직위 통합은 젊은층에게는 좋은 반응을 유도하고 있지만, 나이가 있는 직장인에는 왠지 모를 억울함(?)을 남기고 있는 것이 현실이라 할 수 있습니다. 참고로 직위는 통합되어 동일해도 연차에 따른 호봉은 별도로 관리하고 있습니다. 그러니 통합된 직위라고 선후배 구분 없이 행동하는 것은 절대 삼가해야 합니다.

　여담으로 실제로 통합되었다고 회사 내에서 이슈가 발생했을 때, 후배 매니저가 선배 매니저에게 "부서장도 아니고 동일한 선상에서 일을 하는데, 왜 간섭하냐"고 따져 묻는 것을 보았는데 정말 금해야 하는 행동입니다.

기억해두면 좋아요!
대기업에서 많이 강조하는 문화 중 하나가 바로 수평적인 조직문화 구축임. 이런 기조에서 가장 우선적으로 도입한 제도가 통합 직위체계임

제발 퇴근 좀 하세요!

업무용 PC 강제 종료

1970년대 후반, 영국에서 개인의 업무와 사생활 간의 균형을 묘사하는 단어로 'Work-life balance(일과 삶의 균형)'라는 표현이 등장했고, 우리나라에서는 각 단어의 앞글자를 딴 '워라벨'이란 한글 단어로 재탄생했습니다.

워라벨은 연봉에 상관없이 높은 업무강도에 시달리거나, 퇴근 후 SNS로 하는 업무지시, 잦은 야근 등으로 개인적인 삶이 없어진 현대사회에서 직장이나 직업을 선택할 때 고려하는 중요한 요소 중 하나로 떠오르고 있습니다. 따라서 많은 대기업들도 업무와 사생활 간의 균형에 동참하고 있습니다.

고용노동부에서는 2017년 7월 워라벨의 제고를 위해 '일·

가정 양립과 업무생산성 향상을 위한 근무혁신 10대 제안'을 발간했습니다. 책자에는 ▷정시 퇴근 ▷퇴근 후 업무 연락 자제 ▷업무 집중도 향상 ▷생산성 위주의 회의 ▷명확한 업무지시 ▷유연한 근무 ▷효율적 보고 ▷건전한 회식 문화 ▷연가 사용 활성화 ▷관리자부터 실천 등 10가지의 개선 방침이 제시되어 있습니다.

이런 정부의 권고 사항은 대부분 대기업부터 실천을 하게 되는데, 정시 퇴근과 관련하여 몇 년 전부터 퇴근시간이 되면, 업무용 PC가 강제로 다운되는 시스템을 도입하는 대기업이 많아지고 있습니다. 심지어 늦게 퇴근하는 구성원이 많은 부서는 부서장에게 강력한 경고를 주기도 하고, 연말 인사평가 때에 조직 관리 평가 점수에 불이익을 받으므로 부서장 주도 하에 정시 퇴근이 진행되게 됩니다.

만약 피치 못할 사정으로 야근을 진행해야만 하는 경우에는 별도의 야근 품의를 진행하여, 승인이 나면 PC를 사용할 수 있게 됩니다. 이때 어떤 기업은 야근이 자정을 넘기면 익일 출근을 시스템적으로 늦추어 주기도 하고, 부서장 재량에 의하여 늦추어 주는 경우도 있습니다.

기억해두면 좋아요!

워라벨을 위해서 대기업들이 선두에서 많은 노력을 하고 있으며, 근무시간이 넘으면 업무용 PC를 강제로 다운시켜 정시 퇴근하도록 유도함

뿌린 만큼 수확하고, 일한 만큼 거두리라
연봉은 많고 일은 적게 한다고?

 대기업 직원들은 '일은 적게 하고 월급은 많이 받아 간다'고 생각하는 사람들이 많은데, 현실은 업무강도가 매우 높습니다.

대기업 직원들은 자기 완결적 업무를 진행하고 업무 분장을 통하여 자신의 메인 업무가 정해져 있으므로, 어떠한 일이 있어도 맡은 업무에 대하여는 누수가 없도록 하는 것이 기본입니다.

단적인 예로, 강제로 퇴근을 시키는 것에 부담감을 느끼는 직원이 많습니다. 그래서 야근 품의를 진행하거나 퇴근 후에도 집에서 업무를 할 수밖에 없는 경우가 많습니다. 1인에게 주어진 일의 양이 상당히 많기 때문입니다.

　회사나 부서장은 신규채용을 하면 인건비를 부담해야 하기에 정말 신중하게 인력을 충원합니다. 이 말은, 한 사람이 하는 일의 양을 극대화하고 누가 보아도 과부하가 걸릴 때 인력충원을 진행한다는 것을 의미합니다.

　대기업에는 사람이 많다고 하지만 철저한 업무계획에 근거하여 인력을 채용하는데, 최근에는 코로나와 글로벌 경기침체로 신규채용을 거의 하지 않는 형편입니다. 그래서 기업마다 강조하는 인재상이 바로 Multi Player형 인재입니다. 즉, 맡겨진 업무 외에도 어떠한 업무라도 추진이 가능한 다재다능한 직원이 되라는 것입니다.

　세상에 공짜는 없습니다. 많이 받는 만큼 일을 하는 것이 진리이고, 1백만 원을 받게 되면 5백만 원 이상 벌어야 기업이 지속할 수 있는 원동력이 됩니다. 대기업에서 사람 한 명을 채용하게 되면 임금을 제외한 제반경비에도 많은 금액이 들어갑니다. 입사자에게 주어지는 다양한 복리 혜택만 해도 금액이 많으므로 채용에 상당한 부담을 느끼는 것이 당연합니다.

　입사를 했으면 일은 열심히보다는 제대로 해야 합니다. 사실 거의 모든 직원들이 열심히는 하지만, 중요한 것은 제대로 해서 경영에 도움이 되는 존재가 되어야 한다는 뜻입니다. 필자가 입사했을 20년 전만 해도 일주일에 3일 이상은 야근을 했고, 부서장이 퇴근하면서 "내일 아침 10시에 보고 들어가야 돼"라고 하면 무조건 오전 9시까지는 부서장 책상에 결과물을 두었습니다.

　　대기업에 입사하게 되면 받는 만큼 일을 하게 된다고 생각하면 됩니다. 대기업이라고 연봉을 모두 많이 받는 것도 아닙니다. 인터넷에 나오는 정보들은 임원들의 억대 연봉이 포함된 평균 연봉이라 현실감이 없다고 할 수 있습니다.

　　평균적으로 대기업 초반 연봉은 3천5백에서 5천 사이가 대부분이고, 연봉인상도 일부 잘나가는 대기업 외에는 년에 4%도 오르기 힘든 곳도 많이 있습니다. 여기에서 일부 잘나가는 대기업은 미래 Trend인 4차 산업혁명과 Align한 사업을(반도체, 이차전지, 바이오, 메타버스 등) 진행하는 대기업으로 대졸 신입 연봉이 5천에서 6천 사이입니다.

　　참고로 몇 년 전부터 IT 전문가(프로그램 개발자, UI, UX 디자인 등)에 대한 대우가 확실히 좋아지고 있으며, 기업의 통상적 임금 적용이 아닌 개별 연봉협상도 진행하는 추세입니다.

기억해두면 좋아요!
대기업 직원들이 하는 일에 비하여 연봉을 많이 받는다고 하는데, 실제로는 정확한 업무분장으로 자기 완결적 업무를 하는 형태이고, 대부분 업무강도는 상당히 높은 경우가 많음

주 40시간만 일하고, 나머진 내 맘대로

대기업 근로시간의 유연화

일반적으로 직장인은 하루에 8시간을 일을 하게 됩니다. 아침 9시에 출근하여 12시까지 일을 하고, 한 시간 점심을 먹고, 13시부터 18시까지 일을 하게 되면 퇴근입니다. 이것이 몇십 년간 유지되어 온 근무시간입니다.

최근에는 법적으로 주 52시간을 초과 근무할 수 없도록 규정되어 있는데, 만약 근로법을 어기고 초과로 노동자가 일을 하게 될 경우 고용주는 2년 이하의 징역과 2천만 원 이하의 벌금을 부과 받게 됩니다.

여기서 고용주의 고민은 바로 어떻게 하면 적어진 노동시간 속에서 근로자를 근속하게 할 것인지에 대한 생각으로 직결되게 됩니다. 이 과정에서 생성된 것이 바로 '탄력근무제'와 '유연근무제'라 할 수 있습니다.

유연근무제는 크게 근무량, 근로시간, 근무 연속성의 유연화에 따라 구분할 수 있습니다. 근로기준법상의 근로시간의 유연화는 '탄력적 근로시간제', '선택적 근로시간제', '사업장 밖의 근로시간제', '재량 근로제'가 있으며, 근로기준법상 이외에는 '집중 근로시간제', '시차 출근제' 등이 있습니다. 이외에도 근로장소의 다양화(재택근무제, 원격근무제 등)로 근무량 조정 등이 있으나, 각설하고 대기업에서 가장 많이 행하는 근로제는 '선택적 근로시간제'라고 할 수 있습니다.

선택적 근로시간제는 하루 8시간만 채우면 되는 개념으로, 오전 11시에 출근을 하게 되면 20시에 퇴근을 하면 되는 근로시간제입니다. 최근에는 근로 장소도 꼭 회사가 아니라 업무가 가능한 장소에서도 업무를 진행합니다. 이때는 사전에 근무 계획에 대하여 부서장에게 보고를 하면 됩니다.

이러한 선택적 근로시간제가 계속 지속될지는 의문이지만 시범적으로 도입하는 회사가 많아지고는 있습니다. 근로자 입장에서는 주 5일, 1일 8시간, 주당 40시간을 근무를 준수하면서 출퇴근시간을 조정할 수 있으니 효율적으로 직장생활을 영위할 수 있게 되었습니다. 시행하는 기업의 근로자 만족도 또한 좋은 반응을 보이고 있습니다.

필자도 개인적인 사유로 10시 출근을 하고 19시에 퇴근하는 탄력근무제를 6년간 해보았습니다. 그때 좋았던 점은 부서에 회식이나 특별한 이벤트가 있으면 부서장이 18시에 같이 퇴근하여 참석하도록 하였기에 근로시간의 혜택을 보았습니다.

주의할 점은 부서장이 같이 퇴근하자고 해도 바로 일어서지 말고, 정시 퇴근을 하고 참석을 하겠다는 의사를 밝히는 것이 좋습니다. 주위에 8시간을 꼬박 근무한 동료들을 배려하는 것이 좋기 때문입니다.

참고로 탄력근무제는 업무량이 외부 환경에 의하여 좌우되어 근로시간이 일정치 않은 특별한 업종에서 좋아할 만한 제도라 할 수 있습니다. 예를 들면 일이 없어도 8시간, 일이 많아도 8시간을 근무할 수밖에 없으므로 의도치 않게 비효율적인 임금을 줄일 수가 있습니다.

실제로 초과 근무시간이 지나지 않았다면 연장근로수당을 지급하지 않아도 되기에 사측에서는 매우 환영할 만한 제도라 할 수 있고, 근로자도 저녁이 있는 삶을 보낼 수 있게 되어 가족들과 시간을 보내는 등의 개인 시간이 많아진다는 장점이 있습니다.

기억해두면 좋아요!

법적인 주 40시간만 채우면 되는 탄력근무제도가 도입 운영되고 있으며, 회사에 출근해 일하는 개념도 변화의 시대를 맞이하고 있음

당신의 불행은 우리의 불행
개인에게 불행한 일은 전사적으로 도와준다

살다보면 개인에게 뜻하지 않은 불행이 발생하기도 합니다.

예를 들면 자녀가 큰 수술을 하거나, 집에 화재나 자연재해로 재산상의 손실이 발생했을 때입니다. 이때 회사에서 전사적으로 사연을 소개하고 전 구성원이 성금을 모아서 지급을 하는 경우가 있습니다.

그룹웨어 공지란에 구성원의 사연을 소개하고 직원들이 성금을 하는데, 대기업은 구성원이 많다 보니 경제적으로 상당한 도움이 될 만한 금액이 모금되기도 합니다. 아무래도 이런 성금은 경쟁적으로 도와주는 분위기가 자연스럽게 형성되기에 상당한 금액이 모이게 됩니다.

불행한 일이 발생되면 안 되겠지만 같이 일하는 구성원들로부터 따뜻한 격려를 받고 경제적인 지원까지 받을 수 있으니 대기업 다니는 프라이드가 생겨납니다.

기억해두면 좋아요!
구성원 중에 긴급한 일(사고, 질병, 자연재해 등)이 발생될 경우 전사 차원의 모금운동으로 구성원의 일상으로의 회복을 지원하는 분위기임. 대기업의 특성상 인원이 많으므로 실제적인 도움으로 연결됨

어떻게 사람이 변해요?

사람이 달라졌다는 말

같은 부서에서 항상 함께 하던 선배와 힘든 일, 좋은 일 견디며 때로는 부서장이 맘에 안 들 때 퇴근 후 술안주 삼아 같이 욕도 하는 그런 든든한 사이로 잘 지내고 있다가, 어느 날 그 선배가 부서장으로 발령이 납니다. 그러다 몇 개월이 지나서 "직책자 되더니 사람이 달라졌다", "예전 모습은 가짜였다" 등등의 이런 말을 하게 되는 경우를 많이 목격하게 됩니다.

그런데 직책자가 되었다고 사람이 달라진 것이 아니고, 자리 이동에 따른 업무가 변화된 것입니다. 부서장은 한마디로 성과를 내도록 부서원들을 관리해야 하고, 업무도 이전 관점과 다르게 접근해야 하는 자리입니다. 따라서 예전과 같은 모습으로 일을 하는 것이 오히려 이상한 것입니다. 그래서 부서장에 진급한 구성원은 예전에 그토록 자신이 흉을 보던 부서장의 심정도 어느 정도 이해를 하게 되는 것입니다.

자신을 대하는 온도가 달라졌다고 사람 사이에 서운함이 발생할 수는 있으나, 업무적인 관점에서 어느 정도 이해의 폭을 가지고 접근한다면 마음 편한 업무가 될 수 있을 것입니다.

실제로 서로 같은 직급으로 잘 지내다 상대가 부서장으로 진급을 하여 스트레스를 받다가 홧김에 퇴사를 하는 경우도 종종 목격하곤 했습니다. 직장생활의 경우 업무가 힘들어 스트레스 받는 것보다, 보기 싫은 사람 또 봐야 하는 현실이 더욱 스트레스를 받는 경우가 더 많습니다. 따라서 하루의 대부분을 함께 보내는 구성원과 잘 지내는 노력을 하는 것이 정말 중요합니다.

결론적으로 직책자가 되면 부서원일 때와 다른 관점에서의 관리적인 업무가 시작되니, 당연히 예전 모습과는 달라지는 게 맞으므로, 업무적으로 이해를 하는 마음을 가지는 게 편안한 직장생활의 길입니다.

기억해두면 좋아요!
직책자로 발령이 나면 주어진 일을 하는 부서원의 개념에서 목표를 달성하는 관리를 해야 하는 위치로 변화됨. 사람이 달라진 것이 아닌 업무 위치가 달라진 것임

우리 사랑 이제 끝내야 하나요?

사내 연애 들키면 이별이다

드라마를 보면 사내 연애를 비밀로 하는 장면이 많이 나오는데 실제는 어떠할까요? 필자의 경험으로 볼 때에 사내 연애는 무조건 드라마처럼 비밀로 하는 것이 좋습니다.

사내 연애를 하게 되면 아무래도 사람들이 솔직하게 이야기하기가 어려워지는 부분이 발생을 합니다. 더군다나 같은 부서에서 근무를 한다면 부서장 입장에서는 상당한 부담을 느끼게 되는 것이 사실입니다.

사내커플임을 모르고 있다가 부서장이 연애 대상자의 이야기들을 하여 곤란한 상황이 연출되기도 하고, 두 사람을 같이 출장을 보내어 기대한 업무성과에 미달하는 경우가 발생하기도 합니다.

이러한 사유로 회사는 사내 연애 사실을 알게 되면 다음 해 정기인사에서 한 사람은 다른 부서로 발령을 내는 것이 일반적인 조치입니다. 그리고 사내 결혼을 하게 되면 부부를 같은 부서에 근무하도록 하는 경우는 거의 없습니다. 부서장과 부서원들이 불편하다는 현실적 이유가 크게 작용하기 때문입니다.

기억해두면 좋아요!
같은 부서에서 사내 연애나 결혼을 할 경우는 다음 해에 한 사람은 다른 곳으로 발령 받는 것이 일반적인 사내문화임

내일 아침, 9시까지 준비하시오
대기업에서 가장 중요한 납기

모든 기업마다 조직문화가 있지만 어떤 기업이든 반드시 지켜야 할 원칙이 있는데, 그중에서 매우 중요한 것 중 하나가 바로 '납기'라고 할 수 있습니다. 납기는 '납품 기한'의 줄임말인데 여기에서 말하는 납기는 상사가 업무를 지시하며, 언제까지 완료하라는 업무 완료 시점을 말하는 것입니다.

예를 들어 퇴근시간이 다가오는데 내일 오전 10시에 임원 보고가 있다고 하면, 그날은 다음날의 납기를 위해 퇴근을 포기하고 임원 보고를 위한 모든 준비를 마치는 것이 바로 납기입니다. 이때 오전 10시에 보고가 있다면 최소 오전 9시까지는 부서장에게 임원 보고 자료에 대한 최종 승인을 받아야 합니다.

필자 역시 대리나 과장 시절때(대체적으로 중간관리자인 과장에게 부여되는 납기가 많음) 퇴근시간쯤 되어서 다음날 기획서 보고를 한다며 준비하라는 지시를 수시로 받고, 수많은 야근을 하며 보내었습니다. 이런 지시는 반드시 납기를 완벽하게 지켜야 합니다. 힘들어도 무조건 마무리 지어야 연말 인사평가 시기에 마음 편하게 Feed-Back을 기다릴 수 있습니다.

평소에 일은 잘하는데 납기가 어긋나면 부서장 입장에서는 그 직원에게 일을 부여하기가 상당히 곤란하다고 생각하며, 같이 일하는 자체를 인적 Risk로 인식하게 됩니다. 최근에는 52시간제 근무 도입과 근로자의 복리 증진으로 이런 갑작스러운 지시가 많이 사라졌다고는 하지만 그래도 긴장을 해야 하는 부분입니다.

또한 평시에도 부서장의 업무지시는 반드시 언제까지 마무리를 해야 하는지 확인을 해야 합니다. 부서장도 윗선에 보고를 해야 하는 납기일이 있기 때문입니다. 이처럼 서로가 맞물려 진행되기 때문에 납기의 펑크는 직장생활에서 낙오하는 지름길이라 할 수 있습니다.

기억해두면 좋아요!
어떠한 일이 발생해도 상사와의 업무 납기는 반드시 지켜야 함. 어기는 순간 일을 못하는 개념보다 함께 하지 못할 직원으로 낙인찍힘

공짜를 좋아하단 큰코다친다

워크숍 행사 후 남는 물품 처리

대기업은 대체로 워크숍을 많이 진행합니다. 부서 단독으로 진행하기도 하지만 연합하여 진행을 하기도 하는데, 분기별로 1회 정도 진행이 됩니다.

워크숍은 보통 부서 운영비용에 워크숍 비용이 따로 배정되어 있습니다. 따라서 숙박, 교통비, 식대, 간식비 등등 제반 비용이 100% 지원됩니다.

워크숍의 단골 주제는 주로 수익성 향상과 신사업 개발, 조직문화 개선과 같은 주제이고, 프로그램은 도착해서 토의와 결론, 도출, 화합의 시간(체육 활동 및 음주가무)으로 진행됩니다. 보통은 1박 2일 일정으로 금요일에 출발하여 토요일에 귀가하는 코스로 진행됩니다.

　　행사가 끝나면 어느 회사나 대부분 사가지고 온 음식들이 많이 남는데, 남은 음식에 욕심을 내지 않기 바랍니다. 어떤 직원들을 보면 가방에다 남은 부식들을 챙긴다고 정신이 없습니다. 이걸 보고 있는 중간관리자 이상의 간부들은 아주 못마땅해 합니다. 차 부장급 이상들은 대부분 체면상 안 챙깁니다. 그러니 남은 음식을 챙겨서 개념 없다는 소리를 듣지 않기 바랍니다.

　　보통은 부서장이 고생을 많이 한 구성원이나 막내 사원 또는 주부사원을 지정하여 남은 것을 나누어 가져가라고 합니다. 그러니 본인이 임의로 워크숍 책임자의 허락 없이 가져가는 것은 삼가해야 합니다.

　　뭐 이런 것까지 책에 썼냐고 하겠지만 직장생활이란 것이 이런 자잘한 일로도 평가를 받습니다. 현재 직장인이라면 현장에서 부식을 부서장의 허락도 없이 챙기는 구성원을 보면 어떤 느낌인지 이해가 될 것입니다.

기억해두면 좋아요!

대부분의 워크숍이나 자체 행사가 종료된 후에는 물품들이 많이 남는데, 부서장의 허락 없이는 남는 물품에 욕심을 내어서는 안됨

안녕하세요, 또 안녕하세요^^
인사를 잘하는 것도 하나의 경쟁력

사람이 사회생활을 하면서 기본적으로 잘해야 되는 일들이 있습니다. 그중에서 직장생활에서 인사를 잘하는 것도 하나의 경쟁력입니다.

인사를 잘하는 사람들을 보면 필자 역시 기분이 좋아지고 유대관계가 지속된다는 느낌이 들기 때문입니다. 인사를 하는 입장이나 받는 사람이나 서로에게 유익합니다.

회사 내에서 인사는 자신을 포장하는 첫 번째 액션이라고 생각해도 되는데, 인사를 잘해서 발탁 승진하는 경우도 목격을 했었습니다.

그 직원 이야기를 하자면, 업무적으로 완성도 있는 직원은 아니었습니다. 그런데 이 직원은 인사 하나만큼은 정말 잘하는 직원이었습니다. 인사를 할 때에 어느 누구를 만나도 정성을 다하는 느낌으로 깍듯하게 인사를 하는데, 표정도 형식적인 모습이 아닌 진심이 담긴 밝은 미소를 가지고 하였습니다. 그 직원에게 인사를 받으면 하루 종일 기분이 좋을 정도였습니다. 하루에 몇 번을 마주해도 동일한 모습의 예의 있는 인사는 그 사람에 대한 존경심으로까지 연결되었습니다.

그 당시 무뚝뚝한 상무님이 계셨는데 이 분이 전무로 승진하여 다른 곳으로 가실 때 인사 잘하는 그 친구를 콕 찍어서 발탁 승진시키고 함께 부서 이동을 하였습니다. 그때 사무실에 있는 사람들 모두가 인사 하나만으로도 회사 내에서는 경쟁력이 됨을 알게 되었습니다.

나중에 전무님이 대표이사로 발령이 나서 필자가 대표이사를 수행할 때 그때의 일을 물어보았습니다. 이때 대표이사님이 하시는 말씀은, 일보다 중요한 게 인성이라고 말하였습니다. 그러고는 "그 친구는 좋은 인성이 돋보이고 또한 예의를 다하는 밝은 미소가 상대를 편하게 하는 친구라 남들에게 본보기 차원에서 발탁 승진을 시켰다"고 하였습니다.

대부분의 직원들이 출근 시간에 인사하고 나면 새로이 인사하는 경우가 거의 없습니다. 아침에 인사를 할 때에도 마치 가족과 인사를 하듯 형식적인 인사를 하는 경우가 많습니다.

일도 잘하고 밝은 미소로 인사까지 잘한다면 분명한 자신만의 경쟁력이라 확신합니다. 글을 쓰고 있는 현재도 그 직원의 예의 있는 인사 모습이 '어쩌면 조금 과하지 않았나?'라는 느낌도 있지만, 아직도 기분 좋은 느낌으로 각인되어 있는 것을 보면 확실한 자기 Appeal이 되었다고 확신합니다.

대기업이든 아니든 예의 있는 인사는 정말 중요한 덕목으로 작용하니, 사회생활에 반드시 예의 있는 인사를 실천해 보길 바랍니다.

기억해두면 좋아요!

인사를 잘하는 것도 조직사회에서는 본인만의 경쟁력으로 어필됨. 인사 예절을 잘 지키는 것으로도 좋은 이미지 구축 가능(주위에 적이 없음)

이젠 조직도 MZ 세대로 변신하다
대기업 근무환경 이야기

조직문화 → 업무환경

대기업이 직급별 호칭을 단순화하고, 출퇴근시간을 직원이 자유롭게 정하도록 하는 등 조직문화 혁신을 하는 것은 이제 너무나 당연한 경영환경으로 자리 잡고 있습니다.

이는 더욱 치열해지는 기업 간 경쟁에서 생존하기 위해 생산성 향상에 방해가 되는 낡은 형식은 버리고, 성과창출에 집중할 수 있는 문화를 만드는 것이 골자이고 또한 젊은 세대의 Trend가 반영된 결과라 할 수 있습니다.

주요 대기업들은 과거의 고정적인 비즈니스 모델과 전략, 경직된 프로세스 그리고 시대의 흐름에 맞지 않는 문화는 과감하게 혁신을 하여, 구성원 개인의 혁신적 창의성이 존중받고 누구나 가치를 높이는 일에 집중할 수 있는 양방향 소통 위주의 민첩한 문화로 바꾸어 가는 것에 집중을 하고 있습니다.

최근에 대표적으로 혁신되고 있는 것이 '호칭제통합'과 더불어 '직급연한폐지'를 도입하는 것입니다. 직급연한폐지는 임직원 승진 때 요구됐던 일정 기간 직급별 체류기간을 과감하게 폐지하고, 구성원의 성과와 전문성을 다각도로 검증하기 위해 우수한 인력을 조기에 선발하기 위함입니다.

이러한 조기 발탁 제도는 우수 인재 그룹을 별도로 조직화하여 성과만 인정받게 된다면, 연한을 채우지 않아도 과감한 발탁 승진이 가능해지는 제도입니다. 이는 능력 있는 구성원들이 회사에 대한 충성도를 제고할 수 있고, 수직적 조직문화를 타파하는 경영활동입니다.

또한 근무도 코로나 시대를 거치면서 재택근무와 사옥 출근을 자유롭게 병행할 수 있도록 하고 있습니다. 어떤 기업은 재택근무 자체를 공식적인 근무체계로 편입하여 근무 장소를 규정짓는 기존 관행을 깨고, 임직원들이 업무에 보다 효율적으로 임할 수 있게 하도록 하고 있습니다.

이런 노력들은 국내 최고의 대기업에서 주도적으로 진행되고 있으며, 모기업은 근무환경 개선을 위한 '사내 카페·도서관형 자율근무존'을 마련하는 내용의 'Work From Anywhere' 정책도 시행하고 있습니다.

　　이제는 많은 대기업이 임직원 스스로 출퇴근시간을 자유롭게 정할 수 있는 '탄력근무제'를 통하여 직급과 직책이 주는 심리적 부담감을 없애고 있습니다. 동시에 업무시간이나 방식에도 구애받지 않도록 하여 인당 생산성 극대화와 효율적으로 업무능률을 높이는데 집중하도록 하고 있습니다. 이와 함께 불필요한 대면 및 서류 보고도 최소화하고, 길어지는 회의도 시간제를 정하여 최소화하는 등 조직문화 개선에 집중하고 있습니다.

　　이렇게 수십 년간 유지되었던 조직문화들이 최근에 많은 변화를 보이는 것은 MZ 세대의 자유로움을 반영한 결과일 것입니다.

기억해두면 좋아요!

대기업들이 점차적으로 MZ 세대의 특성을 반영한 새로운 조직문화를 도입하는데 집중하고 있으며, 이로 인해 상당히 유연한 근무환경이 조성되고 있음

타이밍이 좋아야 홈런을 치지!

신사업 론칭의 핵심의 타이밍

대기업에서 집중을 많이 하는 부분은 업무혁신과 신사업 추진을 통한 신규 성장엔진을 가동하는 일입니다. 어떤 경우는 각 부서마다 신사업 추진 실적을 별도의 'KPI 지표(핵심성과 지표)'로 배분할 만큼 신사업 추진에 집중을 하고 있습니다. 신사업 아이템을 개발하고 기획하는 일은 대기업에서는 어느 누구에게나 주어지는 기본 업무가 될 수 있습니다.

그런데 이런 신사업을 기획할 때 고려해야 할 것 중 하나가 타이밍입니다. 예를 들어, 시대를 너무 앞서가는 기술에 대한 기획을 한다면 채택되기 어렵습니다. 만약 20년 전에 AI 기술이나 메타버스 같은 개념을 기획하여 사업을 추진하자고 했다면, 당연히 내부에서 승인받기가 어려웠을 겁니다. 지금은 매우 좋은 사업 아이템이고 미래 수익을 담보할 아이템이지만, 대부분의 기업들은 현실적으로 먼 미래에 대한 투자(특별한 기술을 중점적으로 추진하는 회사 제외)를 하기보다는, 당장에 수익 창출이 가능한 먹거리에 집중을 하기 때문입니다.

　따라서 가능하면 당장에 수익이 가능하고, 가급적이면 기존에 보유한 회사 내의 R&C(Resorce and Capability)를 기반으로 신사업을 구성한다면 회사의 결정을 수월하게 유도할 수 있을 것입니다.

　조금 더 현실적인 이야기를 하자면 신사업을 기획할 때 CEO의 임기도 고려하는 것이 좋습니다.

　우리나라에 '배달 주문 앱'이 활성화되기 전에 필자는 버려지는 전단지 광고를 보고 스마트폰을 이용한 스마트 주문 시스템을 기획했던 적이 있습니다. 이때 스마트폰인 '갤럭시 1'이 출시될 시기였기에 배달앱 기능이 출시된다면 향후에 배달은 앱으로 주문하게 될 거라는 확신이 있었습니다. 또한 무수히 버려지는 광고 전단지의(냉장고 부착형 주문 소책자) 낭비도 사회적으로 막을 수 있다는 사회적 명분도 있었기에, 확신을 가지고 사업을 기획하고 준비를 하였습니다.

　이때 필자는 전국의 전단지 딜러들을 모으기 위한 카

페도 개설했고, 앱 개발을 위한 미팅도 진행하여 본 사업의 BEP(break-even point/손익분기점) 시점을 추출하기 위한 손익 시뮬레이션도 가동해 보았습니다. 주위에서도 반드시 성공할 것이라는 확신을 주었기에 일할 것들이 너무 많았지만, 기쁜 마음으로 준비를 하고 드디어 CEO에게 보고를 하였습니다.

그런데 CEO는 투자를 망설였습니다. 바로 보고 타이밍이 적절하지 않았기 때문이었습니다. 명분은 시기적으로 너무 앞선다는 것이었지만, 필자가 보고할 당시 CEO의 임기가 1년이 채 남지 않았습니다. 그리고 BEP 시점은 아무리 빨라도 론칭 후, 1년 6개월 정도로 도출되었습니다. 임기가 얼마 남지 않았던 CEO의 입장에서는 본 사업의 투자를 결정하기가 쉽지 않았던 것입니다.

지금 돌이켜보면 아쉽지만 그때 서비스를 기획한 시기가 충분히 앞서 있었기에, 조금 홀딩하였다가 CEO가 새로이 선임된 직후에 보고를 하였다면 어떠했을까라는 생각이 듭니다. 현재 다양한 배달앱들이 활성화되어 성공적으로 서비스를 제공하고 있는 것을 보면 너무 좋은 사업을 놓친 것 같아 안타깝습니다.

이렇듯 신사업 추진은 반드시 다양한 변수에 대한 타이밍을 계산하여 추진하는 것이 좋습니다. 이처럼 보고의 타이밍은 매우 중요하고, 보고를 하다 보면 생각하지 못한 변수들이 생기는 것이 비일비재하기 때문입니다. 그러니 보고받는 사람 입장에서 충분히 고민해 보는 습관도 매우 중요합니다.

참고로 성장가치가 높은 미래의 기술은 우선적으로 회사에 보고하여 특허를 내놓거나, 관련 특허를 찾아내어 회사에 권리이전을 받도록 하는 것도 성공적 업무로 회사에서 인정받을 수 있을 것입니다.

기억해두면 좋아요!
신사업에 대한 신성장 엔진 발굴은 어느 누구에게나 미션으로 주어질 수 있으며, 사업 아이템의 우수성 못지않게 중요한 것이 바로 타이밍임. 우수한 제안도 타이밍이 맞지 않으면 DROP!

임금님 귀는 당나귀 귀

대기업 익명게시판 이야기

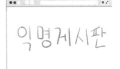

대기업에서는 자체적으로 익명게시판을 운영하는 기업이 많습니다. 익명게시판은 말 그대로 회사에서 익명을 보장하고 자기가 회사에 어떤 글이든 남길 수 있는 제도입니다. 다양한 소통채널이라는 점만 본다면 대기업이 가진 좋은 기업문화가 아닐까 싶습니다.

익명게시판의 장점은 기업 내부에서 실제적으로 벌어지고 있는 사안에 대하여 입체적으로 파악이 가능하다는 점과, 특정 인물에 대한 다수의 생각이 어떠한지 같이 지내보지 않고도 잘 알 수 있다는 점입니다.

물론 의도적으로 소위 까고 까이는 경우도 있지만 여기

엔 워낙 다양한 종류의 글들이 올라오기에 많은 정보를 취득할 수도 있고, 회사 내의 고질적인 문제를 해결하는 채널의 역할도 담당하게 됩니다.

반면에 단점으로는 특정 인물(대부분 직책자)과 특정 팀(대부분 본사의 지원 부서)이 집중적으로 공격을 받는 경우도 있고, 익명이라는 가면으로 남을 공격하는 글들이 등록될 때는, 과장된 글들로 특정인을 몰아가는 성향이 강한 것도 특징입니다. 또한 정당한 업무지시를 했음에도 단순히 일이 하기 싫어서, 대중적 선동을 위한 일방적인 비방이나 반박 채널로 활용되기도 합니다.

익명게시판에서 자신이 공격을 받아보면 인터넷에서 연예인들이 겪는 악성 댓글의 심정이 무엇인지 조금은 느낄 수 있을 정도입니다.

이렇게 익명게시판을 통하여 매우 다양한 일들이 발생되는데, 사람이나 특정 팀에 대한 비방 말고도, 연말 인사고과나 연초 정기인사이동 시기에 대한 불만으로 익명게시판에 불이 붙는 경우도 비일비재합니다.

주요 내용은 공정한 평가가 아니고 주관적인 평가에 대한 불만 글이나, 직책자 평가에서 하위 점수를 받았음에도 직책을 유지하거나, 또는 소문이 안 좋은 직책자가 우리 팀장으로 온다는 소문이나 부임했을 때, 이러한 내용의 글들이 폭발적으로 게시되는 것이 일반적인 상황입니다. 그리고 인센티브가 기대

치보다 적게 나왔을 때도 익명게시판에 글이 많이 등록되는 편입니다.

참고로 익명게시판은 사내 그룹웨어 내 전산에서 운영됩니다. 회사에서는 익명을 보장한다고 하고, 기술적으로 추적이 안되게 개발하였다고 하지만, 그룹웨어도 사람이 만든 결과물이기에 익명 보장 여부는 개인이 판단을 해야 합니다. 필자 또한 사실 이러한 익명성 보장 여부에 대하여는 의문이 듭니다.

그리고 어떤 경우에는 글의 문맥과 내용을 보면 익명이라 할지라도 누가 작성을 했는지, 유추가 가능하다는 사실도 기억하기 바랍니다. 이렇게 익명게시판에 올린 등록자의 실체가 드러나는 경우가 비일비재했음에도 많은 사람들이 익명게시판을 이용합니다. 익명게시판을 이용하고 보는 자체가 한편의 드라마를 시청하는 것처럼 재미가 있기 때문입니다.

기억해두면 좋아요!
익명게시판을 운영하는 대기업이 많이 있으며, 구성원 간 매우 넓은 의미의 주제들이 다루어지고 있으나 익명 보장 여부는 장담 못함

회사는 당신이 한 일을 알고 있다
비윤리적 행위는 처벌받는다

대기업에서 사업을 추진하는 구조를 살펴보면 특수한 경우를 제외하고는 많은 중소기업들과 함께 진행을 합니다. 이는 대기업 계열사 간의 수의계약을 제한하는 법적 규제들 때문이기도 하지만, 큰 틀에서 중소기업의 생존권을 보호하기 위한 사회적 책임과도 맞물려 있기 때문입니다.

예를 들면 대기업 계열사 간 내부 거래가 많은 광고·시스템 통합(SI)·물류·건설 분야는 경쟁 입찰을 확대하고, 수의계약의 경우는 경영상 필요 또는 특별한 기술을 보유한 기업에 한정하여 적용하도록 하고 있습니다. 그리고 계열사와 대규모 수의계약을 체결할 때는 내부거래 위원회 또는 감사 부서 등에서 적절한 계약인지, 그 여부를 사전에 검토하여 공정성을 강화하고 있습니다.

이런 상황에서 대기업 직원은 중소기업과 업무적으로 수많은 업무 협의를 거치게 되는데, 중소기업 입장에서는 대기업 업무 담당자와 잘 지내기 위하여 많은 노력을 하게 됩니다. 이런 구조적인 이유로 '갑'과 '을'의 관계가 형성이 되는데 이때 여러 가지 부조리들이 발생하게 됩니다.

예를 들면 대기업 부서에서 회식을 하다가 밤늦은 시간에 거래 관계에 있는 중소기업 사장에게 연락하여 사실상 회식비 대납을 요구하는 경우도 있고, 업무적 일이 없는 데도 본인이 술 한잔하고 싶은 마음에 미팅을 요구해서 접대를 받는 경우도 있습니다. 또 술자리에서 골프 이야기 등을 꺼내어 은근히 상대를 부담스럽게 하는 일들도 있습니다.

이러한 행위들은 공정거래위반 행위임에도 현재도 일부의 사람들은 갑의 지위를 이용한 부당한 행동들을 하는 경우가 발생하고 있는 것이 현실입니다. 언론에 보도 되지 못한 말도 안 되는 피해 사례도 많이 접했지만 각설하겠습니다.

그래도 이런 상황에서 다행인 것은, 모든 의사 결정 체계들이 시스템화되면서 업무의 투명성이 점점 크게 제고되고 있다는 점입니다. 예전에는 대기업의 구매 업무가 각자의 부서에 의하여 비교적 자유롭게 진행되었다면, 이제는 구매팀에서(대기업마다 필요 사항을 구매하는 사이트 별도 운영) 일괄 처리하는 방식으로 전환되고 있는 추세입니다.

여기서 중요한 것은 비즈니스 파트너사에게 소위 갑질을 하게 되면 그룹에 익명 제보를 당하여, 회사에서 조사를 받을 수 있다는 사실입니다. 어떤 경우는 공정거래위원회에 접수를 해 기업 이미지를 훼손하는 경우도 생긴다는 사실을 항상 염두에 두길 바랍니다.

대기업은 특히 Name Value에 비용과 시간을 들이는 일에 집중하는데, 이런 일이 발생하면 절대로 가만두지 않습니다. 설사 사건이 어떻게 마무리되고 회사에 계속 다니게 되더라도 비윤리 직원으로 낙인찍힌 꼬리표는 퇴사 때까지 따라다닙니다. 정기인사 시에는 받아줄 부서가 없기에 얼마 못 다니고 마치 군에서 불명예 전역하는 것과 같은 동일한 상황이 발생하게 됩니다.

이렇게 퇴사를 하게 되면 동료들과도 연락하기가 쉽지 않고, 업계에 소문도 빠르기에 인적네트워크 형성에도 심각한 타격을 받습니다.

기억해두면 좋아요!
대기업마다 별도의 비윤리 고발센터를 운영하고 있음. 비리에 대한 제보가 수시로 접수되어 적발되는 경우가 많음. 비윤리 행위 자체 절대 금지!

월급을 더 준다는 데, 옮겨? 말아?

경력으로 이직이 가능한 최적의 연령

최근에는 대기업에 입사해 커리어를 쌓은 후, 새로운 기회를 찾아 이직을 하는 경우가 많이 있습니다. 이것은 기업에서 전문 경력인 채용 비율이 높아진 것도 경력사원 이동을 부추기는 원인으로 작용을 하고 있기 때문입니다.

그럼 가장 좋은 경력사원 이동 시기는 언제일까요? 필자가 경험해 본 바로는 입사 후 5년 정도 커리어를 쌓은 후 이직하는 것을 추천합니다. 경력이 최소 5년은 되어야 다른 기업 인사 담당자가 관심을 가지기 때문입니다. 경력 인정과 연봉 책정도 5년 이상이 되어야 비교적 안정적이라 할 수 있습니다.

그 이유는 경력직으로 입사를 했지만 직무연관성이

Align 하지 않다는 이유로 경력이 축소되는 경우가 있는데, 최소 5년이 되면 직무연관성이 낮다고 판단해도 3년 정도는 인정해 주는 경우를 많이 보았고, 이직을 했을 시 3년에서 5년의 경력을 인정받으면 한 단계 진급된 직급으로 이동이 가능하기 때문입니다.

그리고 특수한 전문성을 요하는 업무가 아닌 일반적인 업무에서는 나이도 매우 중요합니다.

연령대별로 가장 좋은 시기는 30세에 입사했다면 36~39세까지가 이직이 가장 활발한 나이 때이고, 소위 잘 팔리는 나이입니다. 40세가 되면 Old 하다는 느낌으로 이직 시에 인사 담당자가 부담감을 느낄 수도 있고, 직급도 부담스러운 상황으로 작용하는 시기입니다.

이직을 할 때 반드시 내부에는 비밀로 진행을 하고, 입사가 확정된 후 회사에 오픈하길 바랍니다. 이직 이야기가 나오면 업무에서 배제 당하거나 밀리는 느낌을 많이 받게 됩니다. 이직과 같은 민감한 사항은 가장 친한 동료에게라도 "나 이직한다"라고 절대 말하면 안 됩니다. 경험으로 보자면 가장 친한 동료가 이직 사실을 오픈하여 당황스러운 상황이 되는 경우가 많습니다. 가장 친한 동료에게도 가장 친한 동료가 있다는 사실 꼭 명심하길 바랍니다.

이직 시에는 연봉을 포함한 취업 조건(복리 혜택, 경력 인정 년 수 등)에 대하여 확실하게 알고 이직을 결정해야 합니다. 좋은 조건이라 믿고 이직을 했는데 원래 회사 보다 못해 억울해 하는 경우도 있기 때문입니다.

또한 이직할 회사의 조직문화도 충분히 알아보아야 합니다. 어떤 회사는 군대도 아닌데 군에 입대한 느낌도 있습니다. 상명하복식의 조직문화가 있는 곳은 상사가 술을 주면 무조건 복종하여 마셔야 하고, 여성이라고 봐주는 경우도 없다고 합니다. 이직을 해서 조직문화가 안 맞아서 크게 힘들어하는 지인들을 의외로 많이 보아왔습니다. 어찌보면 연봉보다도 조직문화에 대한 이슈가 이직의 핵심이 될 수도 있습니다.

그리고 경력 이동 시 면접이나 입사 시험 등의 일정이 있으면 외근 간다고 거짓말하지 말고, 당당하게 자신의 연차를 사용하길 바랍니다. 이직 후에 외근이나 출장 간다고 하고 면접이나 입사 시험을 보러 갔다는 사실이 드러나면, 좋은 이미지가 남지 않습니다. 또한 업무 인수인계도 완벽하게 하고 떠나길 바랍니다. 아름다운 퇴장은 남아 있는 사람과 좋은 관계로 연결되게 되고, 이직 후에도 도움을 받을 수 있는 친정과 같은 역할을 하게 되기 때문입니다.

기억해두면 좋아요!
대기업에서도 경력으로 이동이 활발한 분위기이며, 경력 이동에도 경력 연수와 최적의 연령대가 존재함

제안서 보내기 딱 좋은 날이네!

대기업 제안서 접수 시기

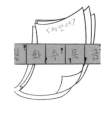 대기업에 근무를 하다 보면 외부 업체로부터 제안서를 받는 경우가 많이 있습니다. 필자의 경우는 업무 자체가 신규사업 분야였기에 하루에도 많게는 10건 이상의 제안서를 받은 경우가 많았습니다. 이번에는 소기업 입장에서 대기업에 제출하는 제안서는 언제 접수하면 가장 좋은지, 실무자 입장에서 살펴보겠습니다.

대부분의 국내 대기업들은 11월 중순에서 늦어도 새해 설(구정) 전에는 정기인사가 종료되는 경우가 많습니다. 정기인사라는 것은 거래 관계에 있는 담당사 또는 소개받은 담당자가 다른 부서로 옮겨 갈 수 있다는 뜻입니다. 따라서 정기인사 시기

에는 외부에서 제안서를 수신해도 적극성 측면에서 많이 저하됩니다. 그러니 일반적인 상황의 제안이라면 11월에서 2월 사이에는 가급적이면 피하는 것이 좋습니다.

그리고 2월 중순부터 11월 정기인사 전까지는 대기업 구성원들의 본격적인 업무가 진행되는 시기인데, 이 기간 중에도 피해야 하는 기간이 있습니다. 7월부터 하계휴가가 진행되기에 업무 분위기가 느슨해지고, 이런 분위기는 8월 말까지 이어진다고 할 수 있습니다. 또한 제안서 접수 시기가 명절 전이라면 가급적이면 명절이 끝나고 접수하는 것이 좋습니다.

또 한 가지, 필자의 경우는 요일 중 월요일보다는 화요일에서 목요일 사이에 받은 제안서가 검토할 때 마음 편하게 집중할 수 있었습니다. 월요일은 아무래도 심신이 피곤하기도 하고 또 제안서 검토 자체가 부가적인 업무이기에 월요일은 피하게되는 것이 현실이었습니다. 물론 필자의 경험이지만 다른 대기업에 다니는 담당자들과 이야기를 해보면 비슷한 성향이었다는 사실을 기억하면 조금이라도 도움이 될 것 같습니다.

좀 더 자세히 이야기를 하자면 대기업에서 일을 하는 시기는 3월에서 6월, 그러니까 일 년 중 4개월 정도를 일하게 됩니다. 1월에서 2월 설까지는 정기인사로 적응하는 기간이고, 구정설 명절이라는 부분이 있고, 또 7월부터는 휴가 기간입니다. 8월에 휴가가 대부분 종료되면 9월에는 추석이 있고, 추석이 끝나고 나면 10월인데, 한 달만 지나면 11월에는 인사평가가 시작됩니다. 그래서 일 년에 일을 제대로 하는 시기는 4개월 정도인 것 같습니다.

참고로 10월에 제안서 접수를 하게 되면 의외로 성공적으로 진행되는 경우가 있는데, 이것은 인사평가 전에 무언가 실적이 될 만한 진행을 하고자 하는 담당자의 의지가 높기 때문이라고 생각됩니다.

기억해두면 좋아요!

대기업 제안서 접수 시기는 365일 매일 동일한 Feed-Back이 오는 것이 아니고, 최적의 제안서 접수 시기를 노리는 것이 좋은 결과로 연결될 가능성이 높음

당신들과 거래하고 싶습니다
회사소개서가 첫인상을 결정한다

제안사가 대기업과 거래를 하기 위해서 가장 먼저 해야 하는 일 중에 하나가 바로 '회사소개서'를 제출하는 일입니다. 대부분은 미팅 시에 회사소개서를 전달한다거나 담당자가 메일로 미팅 전엔 먼저 송부해달고 요청을 하게 됩니다.

그런데 회사소개서에 상당한 공을 들였다는 느낌이 있는 제안사도 있지만, 의외로 급하게 성의 없이 대충 만들었다는 느낌을 주는 기업도 많이 보게 됩니다. 대기업 담당자들은 회사소개서를 접하는 일이 면접관이 자소서를 접하게 되는 것만큼 많이 있습니다.

다시 말해 회사소개서를 보면 제안사의 수준을 어느 정도 판단하게 되는 기준으로 작용할 수 있다는 것입니다. 그러니 반드시 회사소개서는 꼼꼼하고 성의 있게 준비하는 것이 비즈니스에 훨씬 유리하게 작용합니다.

성의 없는 회사소개서는 담당자가 상사에게 보고를 할 때나, 파트너 계약을 위한 내부 기안을 진행할 때 난감해 하는 경우가 많이 있습니다. 위에서 성의 없는 회사소개서를 보게 되면 '아무 업체나 대충 뽑았나?'라는 생각을 할 수도 있기 때문에, 담당자의 심적인 부담이 있을 수 있습니다.

회사소개서 작성은 어떠한 형식은 없지만 보이지 않는 형식이 존재한다고 해도 과언이 아닙니다. 대다수의 회사들이 많이 사용하는 형식이 있으므로 너무 생소하고 개성이 있는 소개서보다는, 보편적인 양식을 준용하여 사용하는 것이 좋습니다.

그리고 회사소개서 작성 시, '수신사 담당자가 꼭 필요로 하는 내용이 무엇일까?'라는 고민을 하고 작성하는 것이 중요합니다. 예를 들면 회사의 현재 매출이나 주요 파트너사 소개 그리고 주력 상품이 무엇인지, 납품하고자 하는 상품의 납품가는 어떻게 되는지, 우리 회사만의 차별 요소는 무엇인지(상품과 관련된 시장현황 포함) 즉, 우리 회사 상품을 선택해야 하는 명확한 이유를 가독성 있게 정리하는 것입니다. 여기에 지적재산권이 있으면 별도로 장표를 만들어 상품의 경쟁력을 다시 한번 Appeal하는 것도 중요합니다.

제안서도 동일합니다. 어떤 경우는 제안서가 아무런 핵심도 없고, 담당자가 꼭 알고 싶어 하는 상품에 대한 세부 설명도 부족하고, 가독성이 저하되게 여기저기 장표에 상품 소개를 길게 하여, 뭐가 상품인지도 구분이 안될 정도의 제안서도 접수되곤 합니다. 이렇게 불필요한 내용으로 장수만 늘어지는 제안서는 담당자에게 혼란만 주게 됩니다.

다음은 회사소개서 작성 전에 알아두면 좋을 5가지 사항입니다.

1 당신 회사와 거래를 해야 하는 이유가 무엇인가요?

2 동종 회사와의 차별화되는 요소 & 당신만의 경쟁력이 구체적으로 무엇인가요?

3 당신 회사와 거래를 하게 되면 우리 회사는 구체적으로 어떤 부분의 기대효과가 있나요?

4 거래를 하게 된다면 재무적으로 신뢰가 가능한 회사인가요? (거래처 연도별 납품 실적 및 주요 상품 판가 회사 재무상태에 대한 전반적 사항들)

5 주요 거래처가 우리 말고 어떤 거래처가 있나요?

이러한 내용은 대기업 담당자들 대부분이 새로운 거래처에 흔히들 하는 질문 사항으로, 이것들을 기억해 회사소개서나 제안서 작성을 하기 바랍니다. 만약 회사소개서나 제안서 작성에 자신이 없다면, 전문적으로 작성해 주는 곳에 일정 비용을 지불하고 퀄리티 있게 제작하는 것이 훨씬 효과적입니다.

기억해두면 좋아요!

성의 없는 제안서는 제안사의 수준을 평가받는 척도가 되므로 반드시, 완성도가 높은 제안서를 접수하는 것이 원칙임

PART **8**

대기업에서
승진하기

커피나 타려고 입사한 게 아닙니다

인사평가자와 좋은 관계를 유지하는 법

인사평가 시기는 기업마다 차이가 있겠지만 대부분 11월에 진행을 합니다. 진행 방법은 본인이 자신이 올 한해 달성한 모든 실적을 정성적, 정량적인 방법으로 셀프 평가를 먼저 하는 것이 일반적입니다. 이때 셀프 평가된 자료를 보고 인사평가자가 평가를 시작하게 됩니다.

기업들의 인사평가에서 가장 중요한 사항은 '팀의 미션과 일치한 방향으로 일을 잘했는가?'입니다. 인사평가는 직책자의 공정한 객관적 판단과 함께 진행을 하게 되는 것이 일반적입니다.

하지만 필자의 경험을 바탕으로 조금 더 현실적인 이야

기를 하겠습니다. 다음 보기를 제시하겠습니다. 보기 중에서 연말에 인사고과를 어떤 구성원이 가장 잘 받을까요?

1 일을 잘하고 인사평가자와 관계가 좋은 구성원

2 일을 매우 잘하고 인사평가자와 사이가 별로인 구성원

3 일은 보통이고 인사평가자와 관계가 특별히 좋은 구성원

4 일은 잘하고 인사평가자와 관계가 별로인 구성원

5 일은 못하고 인사평가자와 관계가 특별히 좋은 구성원

6 일은 보통이고 인사평가자와 관계가 별로인 구성원

여기서 확률적으로 인사고과를 우수하게 받을 순서는 1번과 2번이 최고 등급입니다. 1번의 경우가 가장 이상적인 경우이고 다양한 기회(조기 진급 추천, 팀 내 해외출장 기회 등)가 항상 열려 있는 구성원입니다. 여기에서 일을 매우 잘한다면 더욱 최고라 할 수 있지만, 일을 잘하는 정도만 해도 충분하다고 할 수 있습니다. 관계가 좋다는 것은 인사평가자와의 공적영역도 잘 형성되어 있지만, 사적인 영역도 우수하다는 것입니다.

2번의 경우는 인사평가자의 의지와 무관하게 최고 등급의 고과를 줄 수밖에 없습니다. 일을 매우 잘한다는 것은 그 구성원의 업무역량에 대하여 모두가 인정을 하는 분위기가 이미 형성되었기에, 공정한 평가를 해야 하는 인사권자 입장에서도

공정성 제고를 위하여 높은 평가를 주어야만 하는 당위성이 형성되었다 할 수 있습니다.

　　누가 보아도 일을 매우 잘하는 구성원이 인사권자와 관계도 좋다면 더 할 나위 없이 좋겠지만, 필자의 경험상 일을 매우 잘하는 사람들의 특징이 인사권자와의 관계에 치중하기보다는, 업무적 성과에 몰입하여 매진하는 경향이 강하다 할 수 있습니다. 대기업에 입사를 해서 본인이 일을 우수하게 잘하지만 인사평가자와의 관계를 좋게 유지하는 것에도 신경을 쓴다면, 사내에서 좋은 기회가 있을 때마다 인사평가자가 먼저 챙겨줄 것입니다.

　　3번의 경우는 평가 평균을 유지하지만 인사평가자의 입장에서는 기회가 있을 때마다 항상 최고 등급을 주기 위해 노력할 것입니다. 필자가 여기에서 말하고 싶은 부분은, 일을 하는 것만큼 인사평가자와의 관계에도 더욱 신경을 쓴다면 나쁠 것이 없다는 점입니다. 대기업이든 중소기업이든 모든 것이 사람과 사람의 관계입니다. 인간적으로 특별한 친분이 형성되고 있다면 어떤 사람이든 좋은 것을 주고자 하는 마음이 강하게 발동하는 것이 진리입니다.

　　4번의 경우는 3번 구성원보다 대부분 한 단계 밑에 등급을 받을 확률이 높습니다. 일을 우수하게 잘하지 않고, 그냥 잘하는 수준이라면, 사람은 감정의 동물이기 때문에 감정에서 좌우되는 평가가 우선 된다 할 수 있습니다.

　5번의 경우는 사실 조합되기가 어려운 예입니다. 현실적으로 일을 못하는 구성원은 인사평가자와 친해진다는 것이 거의 불가능합니다. 일을 못하는 구성원은 인사평가자에게도 상당히 부담스러운 존재로 작용합니다. 일을 못하는 구성원은 실적을 창출해야 하는 직책자 입장에서 보자면 경영상의 인적리스크이기 때문입니다. 정기인사 시기에 직책자의 고민 중 하나가 '어떻게 하면 일을 못하는 구성원을 정리할까?'입니다. 그런데도 인사평가자가 일을 못하는 사람에게 개인적인 친분이 있다고 고과를 우수하게 주었다면, 회사의 익명게시판에 인사평가자의 평가를 성토하는 글들로 도배가 될 것입니다. 그렇기 때문에 일은 기본적으로 잘해야 평가자와 친하게 지낼 기회도 주어진다는 것을 꼭 명심하기 바랍니다.

　6번은 5번과 같이 거의 동일하거나 한 단계 높은 등급을 받을 수 있습니다. 그래도 6번 구성원은 회사에서 요구하는 일에 대하여 소위 평균타를 치기에, 정기인사 시기 때 5번 구성원과 같은 자신이 정리될까 하는 불안감에서는 비교적 자유롭다 하겠습니다.

　여기서 꼭 알아야 할 사항은 두 가지입니다. 일은 무조건 평균적으로 해야 한다는 것과 인사평가자와 좋은 인간적인 관계를 유지하는 것이 매우 중요하다는 것입니다.

예전에 외부에서 팀장과 관계된 손님이 방문하여, 입사한 지 얼마 되지 않은 신입사원에게 회의실로 커피를 부탁했습니다. 그때 그 신입사원은 "제가 커피 심부름하려고 들어온 것 아닙니다"라는 취지로 말을 하였습니다. 물론 요즘과 같은 시기에 직원에게 커피 심부름을 시키는 것이 소위 꼰대적 부탁이라 할 수 있지만 팀장의 기분은 어땠을까요?

팀장에겐 이 일이 여러 사람들과 술자리에서 하나의 안줏거리가 됩니다. 이때 술자리에서 이야기하는 상대가 누구일까요? 팀원도 있겠지만 같은 팀장급이나 팀장 이상의 상위 직책자도 있다는 사실입니다. 그래서 팀장이 가지고 있는 사내 인맥에 일차적으로 찍히게 됩니다.

그 일이 있은 후, 미국에서 CES 박람회가 열렸을 때 이 신입사원에게 기회가 주어질 것이라 생각했지만, 팀장은 다른 구성원을 추천하였습니다.

직책자가 아무리 공정한 평가를 하려고 노력을 해도 인간적인 친분을 고려하지 않는다는 것은 거짓말입니다. 사람은 누구나 자기에게 잘해주는 사람에게 마음을 열기 때문입니다.

기억해두면 좋아요!

인사평가 시기는 11월~ 12월 사이가 많으며 인사평가를 잘 받기 위해서는 상사와의 평소의 관계도 중요하게 작용함. 업무적 역량이 낮은 구성원은 상사와 절대 친해질 수 없으므로 업무는 기본적으로 잘 수행해야 함

나에 대한 평가가 공정하지 못한 것 같아!

인사평가 이의신청 득일까 독일까?

내가 B라고? ....

대기업은 구성원이 많기 때문에 인사평가의 공정성 확보에 많은 노력을 기울입니다. 하지만 인사평가가 부당하다고 이의신청을 하는 경우가 있습니다. 이러한 제도가 '인사평가 이의신청'인데, 인사평가 결과를 받고 이에 동의하지 못하는 피평가자가 공식적으로 회사에 이의신청을 하는 것을 말합니다.

많은 대기업에서 이 제도를 채택을 하고 있는데, 일반적인 진행 방법은 인력팀에 메일로 접수를 하면 평가자와 피평가자가 평가와 관련된 정성적, 정량적 근거 자료를 가지고 인력팀 직원을 만나 서로 소명을 하게 됩니다. 본사 직원은 모두의 주장을 정리하여 인력팀 내부에서 정당한 평가였는지 여부를 심사하는 과정을 거치고, 평가에 필요한 추가 자료가 있다면 요구하게 됩니다.

이렇게 진행되는 과정에서 피평가자는 어떻게든 평가 단계를 올리기 위하여 열심히 준비를 하지만, 평가자 입장에서는 상당히 번거로운 일로 인식하게 됩니다. 이런 과정을 거쳐서 결국 기존 평가보다 우수한 평가로 재 평가받았다고 하면 과연 좋은 것일까요? 필자가 목격한 경험으로는 결코 그렇지 않았습니다. 그 이유는 다음과 같습니다.

1 평가자와 내년에도 같은 부서에서 일을 하게 된다면 과연 원만한 관계가 유지될까?

2 평가자가 피평가자를 바라보는 시선이 어떨까?(평가의 공정성 이슈 부담감, 번거로운 소명 과정 등)

3 피평가자 입장에서 평가 수정도 되지 않고 평가자와 사이만 멀어지게 된다면?

그리고 여기서 알아야 할 것은 대체로 인력팀은 직책자에 대한 권위를 보호하는 입장이 더욱 강하게 작용합니다. 피평가자가 명확한 근거를 제시하여도, 평가자가 제시한 명확한 근거를 포함하여 평가를 했다고 판단하는 경우가 많습니다. 평가 결과에 대한 이의신청을 잘 받아주는 편은 아니라는 것이 필자가 목격한 현실입니다.

그러니 참고만 하고 대기업은 평가에 대한 이의신청 제도를 시행하는 회사가 많구나 정도로 이해하고, 판단은 여러 가지 내부 상황을 고려한 본인의 몫입니다.

기억해두면 좋아요!
인사고과 점수가 낮을 때 이의신청 기능이 있으나 회사는 직책자의 평가를 더욱 신뢰하는 분위기임

내가 널 봐줄게, 너도 날 좀 봐죠
대기업 다면평가 제도 이야기

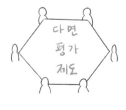

'다면평가' 제도는 관리자 또는 부하 직원, 동료, 고객, 공급자 혹은 모두에 의한 성과 평가와 피드백을 받아 매니저나 리더에게 피드백을 제공하기 위한 수단으로 사용됩니다.

다면평가의 목표는 다양한 구성원들의 증언을 통하여 업무성과와 개선이 필요한 부분에 대한 피드백으로, 종합적이고 객관적인 평가를 진행하고자 시행하는 것입니다.

이러한 다면평가는 부서장과 평가자의 더 좋은 의사소통과 성과 행동을 만들어내고, 부서와 조직이 더 나은 경쟁력을 가지도록 견인차 역할을 하는 장점이 있습니다. 단점으로는 명확하고 객관적인 피드백을 제공하는 것이 어렵다는 점과, 팀 구성원 간 분쟁과 불확실성을 야기할 수도 있다는 점입니다. 특히 평가자를 위한 사전교육이 없는 경우에 더욱 그렇다고 할 수 있습니다.

또한 다면 피드백이 제대로 설계되지 않으면 조직 전략과 부합하지 않는 역량이나 기술에 초점을 맞추게 되는 오류가 발생되는데, 이는 기업의 우선순위에 합치되지 않는 행동에 초점을 맞추게 할 수도 있습니다.

보통, 직책자를 제외한 부서의 동료들이 나를 평가하는 방식으로 진행되고, 세부적으로 다면평가는 상사, 부하, 동료, 본인, 고객 등 다양한 평가 주체들이 참여하는 방식입니다. 이 제도는 평가 자체를 궁극적인 목적으로 하기보다는 성과 관리 또는 그 이상의 조직 관리 용도를 위해서 사용되기도 합니다.

특히 다면평가는 상사에 의한 단독 평가가 가져올 수 있는 관대화, 후광, 의도적 조작 등의 오류 요인과 평가자의 개인 특성에 의해 이루어지는, 부정확한 평가를 보완할 수 있는 대안적인 방법으로 사용되고 있습니다. 어떻게 보면 다면평가는 부서장의 일방적인 평가를 방어해 주는 역할도 한다고 할 수 있습니다. 그리고 기업마다 차이는 있겠지만 인사고과 비중에서 직책자의 직접 평가보다는, 비중이 작은 보조지표로 사용되는 경우가 많습니다.

다면평가 시기가 오면 불편한 구성원끼리 화해를 하기도 하고, 술자리도 하는 등의 평소와 다른 행동을 유발하기도 합니다. 서로가 점수를 잘 주자고 합의하지만 다면평가는 100% 익명으로 평가하기에 약속이 제대로 지켜질지는 미지수입니다. 결국은 평소에 좋은 이미지를 제공한 구성원이 고평가를 받게 됩니다.

당연한 이야기지만 보조지표도 점수가 잘 나오면 나쁠 것이 없고, 임원급으로 승진이나 부서장급 승진 시 다면평가 내역들이 임원 승진 심사의 보조지표로 활용될 수도 있습니다.

기억해두면 좋아요!
다면평가 제도의 핵심은 같이 일하는 구성원에게 평가를 받는 것이므로 평소의 관계성 정립이 매우 중요함

부서장님 잘 부락드리겠습니다!

나의 승진은, 나의 부서장 손에

어느 조직에서나 승진은 매우 중요합니다. 아주 작은 기업에서는 직급이 내부 환경에 맞게 대표가 정해주는 경우가 많아 신입사원이 팀장 명함을 가지고 있거나, 입사하자마자 대리나 과장 직책을 부여하는 경우도 있습니다. 때로는 회식 자리에서 대리에게 내일부터 과장하라고 하는 경우도 보았습니다.

하지만 모든 대기업은 철저한 내부 인사규정에 의하여 진행됩니다. 공식 승진은 크게 두 가지가 있다고 할 수 있습니다. 일반적인 승진과 조기 승진(or 발탁 승진)입니다. 여기서 승진이나 조기 승진을 결정하는 것은 부서장의 손에서 진행되는 것

이 일반적이며, 발령은 인사팀(HR 관련 부서)에서 그룹웨어에 공지를 합니다.

승진의 진행 Process를 살펴보면, 부서장은 승진 대상자를 빠르면 10월부터 내정하여 윗선에 보고를 하게 됩니다. 여기서 크게 문제가 없다면 승진 대상자를 인력팀에 넘깁니다. 참고로 인력팀은 넘어온 명단에 대하여 발령을 내는 부서이지, 승진 인사에 관여하는 부서가 아닙니다. 물론 임원 인사나 고위급 발령은 인력팀에서 자체적으로 주변 평가를 하는 경우도 있지만, 대리나 부장급까지는 일반적으로 부서에서 올라온 명단을 준용하게 됩니다. 승진할 때마다 시험을 치르는 기업의 경우는 시험에 관련된 제반 업무를 인력팀이 주관하여 처리를 합니다.

여기에서 핵심은 승진이든 조기 승진이든 뭐든지 부서장의 손에서 시작된다는 점입니다. 그러니 부서장과는 사이가 원만하지 않고, 부서장 위에 상사와 친하게 지내는 것은 승진에 별로 도움이 되지 않는다는 점도 이야기하고 싶습니다.

직장생활을 하다 보면 자신이 속한 부서장과 트러블이 발생하는 경우가 많은 것이 현실입니다. 그 위에 직급과는 업무 연관성이 부서장보다는 크게 없기에 트러블이 발생할 경우가 덜합니다. 정상적으로 승진을 하고 때로는 조기 승진의 기회를 잡으려면 무조건 부서장과 이슈 없이 지내는 것이 가장 중요하다고 할 수 있습니다.

예를 들어 부서장 윗선에서 "○○○ 직원을 이번 승진 인사에 포함시키세요"라고 부서장에게 이야기한다면, 대상자와 사이가 좋지 않은 부서장 입장에서는 어떤 이유라도 명분 삼아 반대를 하게 되는 경우가 대부분 발생하게 됩니다. 운이 좋아 승진은 하더라도 승진 과정이 매끄럽지 못하면 주변에 부정적 소문이 나게 되고, 부서장으로 승진한다 해도 부서원들에게 좋은 반응을 유도하지 못하는 부작용도 감내해야 하는 부담감이 있게 됩니다.

부서장이란 직급은 회사에서 힘을 실어주는 공식적인 자리입니다. 요즘에는 예전과 같이 정상적인 Process를 인정하는 분위기이고, 특히 인사와 같은 민감한 이슈에는 윗선들이 관여하는 일은 거의 없다고 보면 됩니다. 그러니 부서장과 관계가 원만하지 못하면 승진 인사에 떨어지는 주요 원인이 되기에, 부서장의 권위에 도전하거나 업무지시에 비협조적인 일은 만들지 않는 것이 매우 중요합니다.

입사 동기들은 승진하는데 본인은 떨어지게 되면 당장 연봉인상률도 다르겠지만, 무엇보다 주변에서 보는 시선들이 더욱 힘들게 느껴질 것입니다.

직책자들 대부분이 좋아하는 직원은 입은 무겁고 맡은 일에 대하여 순종적 자세를 보이는 직원이고, 그중에서도 자신에게 잘해주는 직원을 제일 좋아합니다. 그것이 아부라도 상관

없습니다. 아부도 단발성이 아닌 지속적으로 하게 되면 충성으로 평가받는 것이 현실입니다.

현실적으로 한마디 더 붙이면, 부서장 입장에서 정말 편한 부하 직원이 되고, 때로는 사적인 일을 부탁하더라도 이슈 없이 잘 지낸다면, 여러 가지로 도움받는 일도 생길 것입니다.

기억해두면 좋아요!

승진을 임원급에서 결정하지만 실상은 부서장의 추천으로 승진이 결정되는 경우가 많음. 부서장과의 관계를 소홀히 하면 진급에서 탈락할 가능성이 높음

군인의 꿈은 별, 직장인의 꿈은 임원
대기업 임원이 되면 뭐가 달라질까?

대기업마다 다른 부분도 있지만 통계적으로 100명이 입사를 하게 되면 임원 진급자는 1~2명입니다.

임원의 시작인 상무가 되면 평균 2억 중반의 연봉을 받게 됩니다. 임원이 되는 순간 퇴직금 정산이 끝나 계약직으로 전환되고, 1년 기준으로 성과에 따라 근로 재계약을 하게 됩니다. 만약 특별한 성과가 없다면 3년 정도 하다가 퇴직을 하게 되고, 성과가 있다면 전무로 진급을 하게 됩니다.

일반적으로 상무부터는 임원급으로 임원에 대한 처우가 매뉴얼로 정해져 있습니다. 우선, 업무를 볼 수 있는 별도의 임원실을 마련하여 주고(사규에 임원 방에 대한 규격이나 가구 배치에 대한 것들이 정형화되어 있음), 중대형급 승용차가 제공되며, 개인 비서가 업무를 지원하게 됩니다. 개인 비서는 하루 일과 중 오전 10시와 15시에 간식을 제공하고(주로 과일이나 건강음료 등), 임원 책상이나 회의 테이블에 꽃 접시도 관리하게 됩니다.

해외출장 시에는 비즈니스 좌석을 기본으로 제공받고, 외부인의 접대가 많은 만큼 접대에 이용할 회사가 보유한 골프장 회원권 혜택도 받을 수 있습니다. 이러한 일정과 관련된 모든 예약을 비서가 관리해 줍니다.

공적인 업무에 사용되는 법인카드는 거의 눈치 안 보며 사용이 가능하고, 술을 마시면 회사와 계약한 대리운전 업체에서 VIP 전용 운전기사가 제공됩니다. 이외에도 여러 가지 다양한 혜택이 주어지는데, 운전기사 지원의 경우는 회사마다 차이가 있겠지만 상무는 잘 없고, 전무로 승진을 하게 되면 지원을 받게 되는 경우가 많습니다.

이렇게 임원이 되면 파격적인 혜택이 주어지지만, 성과가 없다면 2년 차 임원 계약을 못 하고 떠나는 경우가 많이 있습니다. 그만큼 임원이 되면 눈에 보이는 성과를 내어야 되는 책임감 있는 자리이기도 합니다. 만약 임원으로 퇴직을 하게 되면 보통 사외고문 자격으로 2, 3년간 대우를 해주는 것이 관례이며, 퇴직 후에도 월 급여의 60%~80% 정도를 지급받게 됩니다.

이처럼 임원은 대기업의 꽃이라 할 수 있지만, 최근에는 계약직으로 전환되는 임원 대신에 정규직이 유지되는 부장으로 눌러앉고자 하는 실리적인 구성원도 은근히 많아지고 있는 것이 현실입니다.

참고로 대기업 직원들끼리 회사생활이 힘들어 퇴직하고 싶을 때 "회사가 아무리 전쟁터같이 힘들어도 지옥인 밖에 보다는 편하다"라는 농담을 하기도 합니다.

아무래도 최근에 경제도 나빠지고 퇴직 후 일자리도 마땅하지 않기에 이런 임원 기피현상이 발생하는 모양입니다만, 여전히 임원 되기는 하늘에 별 따기라는 사실입니다.

기억해두면 좋아요!

대기업의 꽃은 임원인데 승진 비율은 낙타가 바늘귀로 들어가는 만큼 협소함. 임원이 되면 화려한 지원을 받지만 고용이 보장 안되는 단점도 있음

겸손한 자에게는 복이 있나니

어떤 사람이 임원이 되는가?

앞에서도 언급했지만 대기업에서 임원이 된다는 것은 확률상으로 매우 희박합니다. 하지만 특별한 업무적 능력을 인정받아 40대 초반에 임원으로 고속 승진을 하는 경우도 있고, 전문 경영인을 양성하기 위한 경영학 석사 과정 MBA(Master of Business Administration) 또는 EMBA(Executive MBA) 라는 과정을 이수하여(실무 경력 5~10년 이상의 직장인들을 대상으로 하는 EMBA 과정) 임원 심사 때 가산점을 받아 승진하기도 합니다. 그리고 흔하지는 않지만 외부에서 특별한 경력을 인정받아 바로 임원으로 채용되는 경우도 있습니다.

여기에선 일반적인 직장생활에서 임원이 되는 공통되는

부분에 대한 이야기해 보겠습니다.

성경에 보면 "하나님이 겸손한 자를 사랑하시고 자신이 만든 피조물이라도 교만한 자는 물리친다"고 하셨는데, 필자가 20년 이상의 직장생활과 비즈니스 관계로 만나온 경험으로 보자면, 겸손과 인격적으로 부드러운 사람이 임원이 될 확률이 높다는 것입니다.

직장생활에서의 겸손은 본인의 업무적인 기여도에 대하여 본인 스스로가 드러내지 않는 것이 핵심이고, 부드러움이란 모든 사람에게 동일한 부드러움으로 대하는 사람이라는 의미입니다. 또한 본인이 생각하는 주장을 강하게 말하는 것이 아니고, 다른 사람의 의견과 조화로움을 가지고 말을 할 수 있는 부드러움을 말하는 것입니다.

자신의 주장을 관철시키기 위하여 상대의 의견을 묵살하거나 강한 반론으로 제거하는 습관이 있다면, 그 사람 주위에는 반드시 적이 있다고 생각을 하여야 합니다. 본 책에서 수없이 강조하지만 어쩌면 직장생활 최고의 요령은 적을 만들지 않는 것이라 할 수 있을 만큼 매우 중요합니다. 직장생활은 한마디로 모두와의 경쟁이므로 적을 만드는 자체가 굉장한 Risk입니다. 언제든지 나를 공격할 수가 있다는 사실을 항상 염두에 두어야 합니다.

결론적으로 나에 대한 부드러움이 전사적으로 소문날 만

큼 많은 노력을 하여야 하는데, 막상 직장생활을 하다 보면 항상 부드러운 인격을 유지하기가 매우 어렵고 힘이 듭니다. 어떻게 보면 천성적으로 부드러운 사람이 임원이 되기가 아주 쉽다고 이야기하고 싶을 정도인데, 이 사실을 거부하기는 어느 대기업이나 어려울 것입니다.

물론 업무적 성과는 남들과 다른 우수한 성과를 도출해야 하고, 여기에서 언급한 내용은 성품에 관한 것이고 필자의 주관적 견해입니다. 만약 우수한 성과를 달성하고도 입이나 행동이 거칠어 임원이 못 된다면 얼마나 억울할까요?

기억해두면 좋아요!
임원이 되는 사람들의 공통적 성격은 인격적으로 부드러운 사람들임. 주위에 적이 거의 없기에 가능한 일임

PART **9**

비밀스러운
대기업
연봉이야기

우는 아이에게 떡 하나 더 준다

대기업 인센티브 이야기

대기업의 '인센티브' 즉, 보너스는 정기적으로 지급되는 것과 비정기적으로 지급되는 것으로 구분됩니다. 여기서 정기적으로 지급되는 인센티브는 경영성과에 따른 지급입니다.

이때 지급되는 인센티브는 KPI(Key Performance Indicator : 경영상의 핵심 성과지표로 연초에 정하고 연말 결산에서 KPI 달성 여부를 분석함) 달성 여부를 기준으로 사업부별로 파악하여 지급됩니다. 따라서 경상이익을 많이 달성한 부서는 잔칫집이고, 달성하지 못한 부서는 초상집 분위기입니다. 차등을 주어 지급하여 사업부별로 경쟁을 유도하는 방식입니다.

그리고 경영지원부서인 회계팀, 총무팀, 구매팀과 같은 경우는 회사마다 다르겠지만 통상적으로 사업부서 즉, 돈 버는 부서에 지급되는 인센티브의 평균치를 지급하는 경우가 많습니다.

정기적 인센티브는 시기적으로 년 초에 지급이 되며, 지급액은 회사마다 차이가 있고 회사 내 사업부마다 차이가 있습니다. 사업 실적이 저조한 계열사는 몇 백만 원 받는 곳도 있고 지급이 안되는 경우도 있습니다.

매스컴을 보면 몇 천만 원을 인센티브로 지급했다는 뉴스도 들리지만, 이는 정말 잘나가는 대기업 일부의 이야기일 뿐입니다. 대기업이라고 해서 엄청난 인센티브를 지급해 주는 것이 아니고, 수익 창출을 많이 한 회사가 볼륨감 있는 금액을 지급하게 되는 것입니다. 이래서 대기업도 극과 극이라고 생각하면 됩니다. 우리에게 잘 알려진 어떤 기업은 중견기업보다 처우가 못해서 내부 직원들이 무늬만 대기업이라고 하는 곳도 있습니다.

그리고 비정기적 보너스가 있습니다. 흔히들 '이벤트 인센티브'라고 합니다. 회사에 특별한 성과가 도출되거나 창사 10주년, 20주년과 같은 십 년 단위 기념일, 또는 CEO가 수익이 너무 나서 기분이 좋을 때, 전사 체육대회 및 단합대회, 가족들이 함께하는 전사행사 때 깜짝 발표를 하기도 합니다.

이렇게 이벤트가 발생했을 때 지급되는 특별 인센티브는 항목상 급여로 지급되기도 하고 상품으로 지급되기도 합니다. 예를 들어 상품으로 지급될 때에는 노트북, TV, 태블릿, 여행이나 외식 상품권 등으로 지급되는데, 자사 내 상품을 직원에게 선물하는 경우도 많습니다. 지역 중고 거래 플랫폼에 미개봉 노트북이 갑자기 올라올 때면 그 지역에 있는 대기업에서 직원들에게 선물한 것으로 추정해 볼 수 있습니다.

그리고 중요한 이야기를 해보겠습니다. 필자가 CEO 수행 부서에서 5년 이상 근무한 적이 있었는데, 어떤 해에 실적이 저조하여 전사적으로 인센티브 볼륨이 적게 지급된 적이 있었습니다.

필자가 CEO를 수행하며 지방에 내려가는 길이었습니다. 그때 CEO는 구성원 반발에 대비해 인센티브 추가 지급을 위해 재무부서 부서장과 통화를 하고 있었습니다. 오후에 급여 명세서가 그룹웨어에 오픈 되고, CEO는 본사로 복귀하면서 필자에게 직원들의 인센티브 지급 분위기 파악을 지시했습니다. 부서별 사업부장에게 문의하고, 익명게시판에 인센티브 관련하여 어떤지 파악해 보니 별다른 이슈가 없어서 조용하다고 보고를 하자, 인센티브 추가 지급 없이 종결되었습니다.

만약 직원들이 인센티브 지급액에 대하여 이런저런 말들이 많았다면 CEO는 추가 지급을 할 계획을 가지고 있었지만, 직원들의 동요가 없음으로 그냥 이익으로 편입을 해버린 것입니다. 옛말에 "우는 아이 떡 하나 더 준다"라는 말이 있습니다. 회사마다 여건이 다르겠지만 한번 생각해 볼 만한 사항인 것 같습니다. 산타는 "우는 아이에게 선물을 안 준다"고 하지만 회사는 다를 수 있습니다.

기억해두면 좋아요!
인센티브가 작을 때는 작다고 표현해야 회사가 추가 지급 여부를 고민함. 가만히 있으면 그냥 GO! GO!

궁금해요. 당신의 연봉은 얼마인가요?

각기 다른 연봉 테이블

대기업에 재직하면 정말 다양한 출신 성분이 존재하게 되는데, 다음과 같은 상황들이 발생하기 때문입니다.

1 회사를 M&A 하는 경우 : 대기업은 경영전략의 일환으로 다양한 M&A 진행

2 계열사 간 통폐합 : 상품이나 서비스 경쟁력 확보 차원으로 통폐합 (예) 상품 제조회사 + 판매회사 + 물류회사 + 유지보수회사 = 하나의 Name

3 신규 BM(Biz Model) 추진을 위한 각 계열사 전문인력 차출 후 계열사 설립

4 소단위 사업 추진을 위한 계열사 이동 발령

5 기타: 그룹의 정책에 의한 상황 등

이러한 상황이 전개되면 같은 회사 내에 다양한 출신들이 모이게 됩니다. 이럴 경우 출신에 따른 연봉의 GAP 차이가 존재하게 됩니다. 이 말은 같은 부서에서 같은 일을 해도 연봉이 각자가 다르다는 것을 뜻합니다. 연봉이 얼마인지는 주위 동료도 모르고 그냥 추정만 하게 되며, 연봉이 높은 계열사에서 넘어온 직원들이라면 대부분 높은 것이 현실입니다.

이렇게 되면 구성원 사이에 연봉 차이가 나기에 조직문화에 부정적 영향을 미치게 됩니다. 경영자 입장에서는 어떤 식으로든 연봉 GAP 차이를 줄이려는 노력을 하게 되는데, 그럼 누가 손해를 보게 될까요?

대부분이 연봉이 높은 출신들이 손해를 보게 되는 경우가 많습니다. 연봉이 높은 출신들은 몇 년이 지나도 전사 평균 연봉을 맞추는 큰 틀에서 연봉인상률이 낮게 되고, 반대로 연봉이 낮은 출신들은 평균 연봉을 맞추기 위해서 인상률이 높게 책정되는 것이 일반적이라 할 수 있습니다.

A, B라는 입사 동기가 계열사에서 같이 시작을 합니다. 그런데 A는 다른 계열사로 수평이동을 합니다. 이때 옮겨간 계열사가 실적이 좋지 못하면 위의 상황으로 전개될 가능성이 농

후합니다. 그러니 계열사 이동의 기회가 주어질 때, 지금 있는 곳보다 Name Value가 낮다면 이것저것 따져보고 충분히 고민하고 결정해야 합니다.

1번의 경우, 인수한 회사가 중소기업이라면 신분상승의 기회를 맛볼 수 있을 것입니다. 그래서 처음 몇 년간은 행복하겠지만, 시간이 지나면 이곳에서도 연봉의 차이가 생기는 불만이 생길 수 있습니다.

참고로 대기업은 직원 간의 연봉에 대하여 인비(人秘 : 인사에 관계된 비밀 사항이나 서류)로 관리되어 있습니다. 인력팀이나 재무팀의 급여 담당자 또는 관련자가 아니면 아무도 모르고, 본부장급 이상의 직책자의 요구가 아니면 공개를 하지 않는 것이 원칙입니다. 따라서 본인의 연봉을 공개하면 회사에서 징계를 받으니 유출하지 않도록 주의하기 바랍니다.

이러함에도 상대의 급여 볼륨은 정확하지는 않아도 어느 정도 수준인지는 생활하다 보면 파악이 되게 됩니다. 본인의 연봉이 높은 수준의 느낌이 아니라면 남의 연봉에는 관심을 접는 것이 회사생활이 편하니, 괜히 관심 두지 말기를 권합니다.

기억해두면 좋아요!
대기업에는 다양한 출신 성분이 존재함. 같은 소속의 계열사에 다니고 직급이 같아도 연봉은 출신사 별로 다르게 적용됨

부자 곳간이라 그런지 인심이 후하네

계열사마다 다른 복지와 연봉

앞에서 잠시 언급하였지만 평균적으로 대기업의 일반직 대졸 신입사원 연봉은 3천5백에서 5천 사이가 대부분입니다. 그리고 연봉인상도 일부 잘나가는 대기업 외에는 년에 4% 오르기가 힘든 곳이 많습니다.

그런데 같은 그룹이라도 계열사 간 사업 실적에 따라 직원들의 연봉은 극과 극인 경우가 많습니다. 예를 들면, 같은 부장급이고 입사 동기인데 잘나가는 계열사 연봉은 1억 8천이고, 실적이 좋지 않은 계열사 부장은 9천으로 이런 식으로 차이가 많이 나는 경우도 있습니다.

그리고 잘나가는 계열사는 훨씬 좋은 복지 혜택을 제공

합니다. 의료비 지원 같은 경우, 잘나가는 계열사는 양가 부모님에게도 상당한 의료 혜택을 준다면, 반대의 경우는 본인과 배우자, 자녀에게만 한정되는 식입니다.

많은 사람들이 같은 그룹이면 연봉이나 복지가 비슷하거나 동일하다고 오해를 하는데, 이처럼 같은 그룹이라도 연봉이나 복지 혜택이 계열사마다 상이하게 운영된다고 할 수 있습니다. 그러함에도 대기업 명함에 부여되는 가치는 사회생활을 하다 보면 매우 크다는 것을 느낄 수 있습니다. 작게는 금융권에서 대출을 받을 때에도 기업 Name Value가 적용되어 실제로 상담을 하는 중에도 대우받고 있다는 느낌은(대출 심사 측면) 분명히 있다고 할 수 있습니다.

그리고 이번에는 임원이 되면 연봉을 얼마나 받을까요? 필자가 잘나가는 국내 대기업의 상무부터 전문의 연봉을 조사해 본 결과 상무는 1억 5천~2억 8천 정도였고, 전무는 평균 3억 원 이상이었습니다. 만약 연봉이 1억이라면 이것저것 제하고 나면 실수령액은 월 650만 원 정도라 생각하면 됩니다.

그런데 임원으로 승진을 하게 되면 정규직에서 계약직으로 전환되어 고용에 대한 지속성 보장이 안됩니다. 더군다나 최근에는 불경기로 부장까지 가기도 어렵다는 말이 나오고 있고, 실제로 과장급에서 명퇴하는 직장인들도 상당히 많아지면서, 임원으로 승진하여도 6개월 만에 집에 가는 경우도 있었습니다.

결론적으로 대기업에는 장기적으로 재직을 하려면 개인의 상당한 업무역량과 지속적인 자기계발이 요구된다고 할 수 있습니다.

기억해두면 좋아요!

같은 그룹의 회사라도 계열사마다 복지수준과 연봉체계가 모두 다름. 잘나가는 계열사 못 나가는 계열사가 확실히 구분됨

에필로그

|

　최근에는 소위 MZ 세대라 불리는 젊은 사람들 중심으로 3년 이내 퇴사율이 증가하는 추세라고 합니다. 이는 좀 더 인생이 자유롭기를 원하고, 개인 역량 성장을 중시하는 MZ 세대에게 정형화된 조직문화와 세대갈등, 개인의 특성을 고려하지 않은 업무 배치 등이 퇴사의 주요 원인으로 주목되고 있습니다.

　이에 대기업에서도 최근에 조직문화를 유연하게 개선하고자 많은 노력들을 하고 있습니다. 이런 개선의 대표적인 노력들로 직급제 폐지, 유연 근무제, 지정 좌석 폐지 등 개인의 특성을 고려한 다양한 분석으로 업무 배치를 진행하고 있는데, 이는 MZ 세대의 특성을 반영한 결과라고 할 수 있습니다.

　대기업에서 일한다는 자체가 기업 고유의 컬러에 자신

의 컬러를 맞추는 것이라 힘들 수는 있겠지만, 향후 근무환경은 결국 MZ 세대의 특성을 고려한 변화를 하고 있기에 점진적으로 좋아질 것이 자명하고 또한 대기업은 이런 변화의 선두에 있다는 사실을 이야기하고 싶습니다.

필자가 이런 이야기를 하는 이유는 몇 년간 힘들게 준비해 대기업에 입사를 했는데, 짧은 시간에 퇴사를 하는 분들을 볼 때마다 안타까운 마음이 들기 때문입니다.

대기업에 다니게 되면 좋은 점은, 안정된 경제적 생활이나 자기계발에 대한 다양한 기회, 그리고 연봉 외에도 남들이 부러워하는 복지 혜택을 제공받게 됩니다. 또한 대기업이 주는 Name Value로 사회적으로도 많은 혜택을 받고, 그냥 대기업 명함 한 장 가지고 다니면 사회에서 인정을 해주는 분위기가 형성이 되게 되지만, 이런 대기업이 가지는 특성들이 모두에게 딱 맞춘 수제 의상처럼 무조건 좋다고도 할 수 없습니다.

어떠한 선택이든 선택은 개인의 몫입니다. 본 책이 나침

반의 역할을 어느정도 수행해주기를 바랍니다. 마지막으로 복잡 다변한 오늘을 사는 우리들은 항상 뭔가의 계획들과 고민들로 머리속이 채워져 있습니다. 이런 머리속의 번잡함들이 필자의 필명인 '공두(空頭)'처럼 대기업을 궁금해하는 모든 독자들에게 본책을 통하여 조금은 해소되고, 비워지는 시간이 되었으면 좋겠습니다.

　　감사합니다.

대기업 미리보기

초판 1쇄 발행   2022년 11월 12일

글쓴이   공두
펴낸이   김왕기
편집부   원선화, 김한솔
디자인   푸른영토 디자인실

펴낸곳   **(주)푸른영토**
주소   경기도 고양시 일산동구 장항동 865 코오롱레이크폴리스1차 A동 908호
전화   (대표)031-925-2327 팩스 | 031-925-2328
등록번호   제2005-24호.(2005년 4월 15일)
홈페이지   www.blueterritory.com
전자우편   book@blueterritory.com

ISBN 979-11-92167-14-5   03810